Amir Valle

ZWISCHEN ANGST UND SCHATTEN

EDITION KÖLN

Amir Valle

ZWISCHEN ANGST UND SCHATTEN

Roman
Havanna-Folge III

Aus dem Spanischen
von Bernhard Straub

Krimi & Co.

»Von 1995 bis November letzten Jahres wurden in unseren Flughafeneinrichtungen 175 Versuche vereitelt, Drogen zu schmuggeln, vor allem nach Europa oder auf das nationale Gebiet zur internen Vermarktung. Dabei wurden 252 Ausländer festgenommen, von denen 146 noch immer in unseren Haftanstalten einsitzen, wobei die Mehrheit ihre Strafen verbüßt und der Rest in Untersuchungshaft sitzt.

Normalerweise organisieren diese Kriminellen, wenn es ihnen gelingt, der Entdeckung bei der Einreise zu entgehen, ihre Operationen von Ferienhäusern aus, die häufig illegal betrieben und unter Verstoß gegen die Aufenthaltsvorschriften für Ausländer vermietet werden.«

Granma (Zentralorgan der Kommunistischen Partei Kubas), 10. Januar 2003

Für José Manuel Martín Medem,
Korrespondent von TV España in Havanna, der mich motivierte, über dieses Thema zu recherchieren.

Für Nicole Cantó, Justo Vasco und Paco Ignacio Taibo II, die mich dazu brachten, an die Kraft des Schwarzen Romans zu glauben.

Für Berta, Tony und Lior, wie alle meine Werke.

Für meine Eltern, weil ich ihnen die Existenz verdanke.

Für Jesus Christus, immer.

Anmerkung des Autors

Dieser Roman basiert vollständig auf realen Begebenheiten, die sich in Kuba zwischen 1998 und 2002 zugetragen haben. Eventuelle fiktionale Anteile ergaben sich aus der Notwendigkeit, das Thema und die realen Protagonisten in die Serie zu integrieren, die mit *Die Türen der Nacht* und *Wenn Cristo* dich entkleidet begonnen hat.

Alle Gestalten sind real, es wurden lediglich – mit der Genehmigung jedes Einzelnen – die Namen geändert, kraft meines Rechtes, die Quellen jener journalistischen Investigationen zu schützen, die ich seit 1994 über die Missstände im Bereich der gesellschaftlichen Randgruppen des heutigen Kuba durchführe.

Nur eine Tatsache und eine für diese Serie unentbehrliche Identität möchte ich enthüllen:

Als im Juli 2002 der Roman *Wenn Cristo dich entkleidet* auf der *Semana Negra* in Spanien vorgestellt wurde, verstarb in Havanna im Alter von zweiundneunzig Jahren der Mensch, der mir für eine meiner Lieblingsgestalten Modell stand und der mich mehr als fünf Jahre lang über die ungeschriebenen Gesetze aufklärte, die nur Insidern bekannt sind, sowie über diejenigen, die allgemein im Milieu der aktuellen kubanischen Randgruppenszene gelten: Francisco Alexander Vargas Machuca alias »Alex Varga«. Mögen ihn mein Dank und meine Liebe erreichen, wo immer er sich befindet!

Die Leichen stinken abscheulich. Als sie den Deckel vom Grabgewölbe nehmen, breitet sich der Gestank in der Nacht aus wie dickflüssige Sahne, die in die Nase steigt und sie völlig mit der klebrigen Fäulnis von verwestem Fleisch verkleistert. Alex legt sich die Hand vors Gesicht, wendet den Kopf ab und versucht, etwas von der frischen Luft zu erhaschen, die in vereinzelten, aber starken Böen ankommt, gleichsam durch das riesige Friedhofstor einströmt, durch das auch sie, fast im Laufschritt, hereingekommen sind. Draußen liegt das schlafende Havanna, nur ab und zu gibt es ein Lebenszeichen von sich, wenn die Scheinwerfer eines Autos die Mauer streifen, die die Welt der Toten und die Welt der Lebenden trennt.

Der Gestank lässt nicht nach. Verwestes Fleisch hat er immer gehasst, deshalb wirft er nicht mehr als einen hastigen Blick ins Innere des Grabes, als einer seiner Neffen den Lichtkegel auf die drei Toten richtet, die im hinteren Teil der Gruft auf einem Haufen liegen, in offensichtlicher Eile hingeworfen: Zwei Männer und eine Frau, die Augenhöhlen bereits leer, die Maden quellen in einer weißlichen Masse aus Mündern und Ohren wie das Magma aus einem Vulkan; der aufgeplatzte Bauch des zuoberst Liegenden bietet den wüsten Anblick einer wimmelnden, sehr lebendigen Mischung von Maden, schmutzigem Fett und aufgedunsenen Innereien.

Das sieht er in der Erinnerung. Er steht auf der Terrasse, die er vor einigen Jahren oben auf dem Flachdach seines Hauses bauen ließ, und glaubt, diesen aufdringlichen Leichengeruch aus den Lungen herausatmen zu können. »Scheiße, dieser Gestank!« sagt er wütend zu sich selbst und atmet langsam und tief in der kühlen, noch nächtlichen Brise, die mit dem unverwechselbaren Aroma von Meeresfrüchten und Salpeter vom Meer herüberkommt. Deshalb hatte er in der Nähe des Malecón wohnen wollen: »Das Meer wäscht alles rein, sogar die schmutzigste Seele!« dachte er damals; später allerdings erkannte er immer mehr, dass es Schmutz gibt, der ewig hält, unsagbar schmutzige Dinge, die nichts auf der Welt reinwaschen kann, »wie dieses schöne Land« in der Brise des Meeres, auf allen Seiten von seinen blauen Fluten umspült, und trotzdem ein Land voller dunkler, schmutziger Dinge, beladen mit so viel Schmutz. Er hat es geschafft, das Haus hier mit dem Blick auf das endlose karibische Meer zu bekommen, dank jenem reichen Mann, der sich in den Norden flüchtete, als die Rebellen in Havanna einzogen. Der Kerl floh und nahm seine Geliebte mit: dieses große Wohnhaus inmitten des Barrio de Colón, zur Zeit Batistas das Reich der Nutten, Freudenhäuser und Drogen, und in der Zeit von Fidel das Reich der *jineteras*, der Ferienwohnungen und wieder der Drogen, war ein Geschenk dieses Bonzen an seine offizielle Hure gewesen, ohne dass er ahnen konnte, dass hier dereinst, fast fünfzig Jahre später, eine der höchstdotierten Prostituierten Havannas leben würde: Jenny, *The Most Fabulous Culo de Cuba*, wie sie sich auf einem Plakat anpries, das sie selbst in Auftrag gegeben hatte, und auf Handzetteln, die ihren wohlgeformten Hintern zeigten; Alex kannte sie seit ihrer Geburt; er hatte sie in diesem Randgruppen-Viertel groß werden und zur Frau heranwachsen sehen.

Aber der Gestank hält sich hartnäckig. Er atmet noch mehr Luft ein, aber ohne Erfolg. Der Gestank bleibt, heftet sich wie eine Kruste an die Nasenwände und erinnert ihn an die marode Seite des Todes: bevor wir zu Staub zerfallen, werden wir fauliges Fleisch, stinkende Fetzen Aas. Er hebt das Glas zur Nase und schnüffelt das süße Aroma des Eierlikörs, nimmt einen Schluck und genießt die Flüssigkeit; dabei betrachtet er den leuchtenden, rötlichen Schimmer jenseits des Malecón an der verschwommenen Linie des Horizontes, der zeigt, dass die Nacht alles einem neuen Morgen überlassen will.

Vor Stunden, als er von der Grabkammer zurückgekehrt war, hatte Havanna noch im Schlaf gelegen. Es ruhte seine Trümmer von einer ausschweifenden und zügellosen Nacht aus. Er konnte sehen, wie hartnäckig die Stadt bemüht war, die alte Hure zu bleiben, die sich ihren schönsten Flitter umhängt, wenn die braven Bürger schlafen gehen. Es gab sie nicht mehr, die Bars, Kneipen oder Diskotheken jener vergangenen Jahre des Glanzes, als selbst die Luft aus Russland geschickt wurde, die man in Kuba atmete; dennoch suchten die Leute nach Wegen, die Fesseln abzuschütteln und zu zeigen, dass sie sich bei aller Knappheit und mangelnden Freiheit von keinem die gewohnte Lust an Genuss und Amüsement nehmen ließen. Das Schlimme daran war, dass zum Amüsieren heute wie damals eine tüchtige Portion Rauschgift gehörte, das daher erneut die Straßen der Hauptstadt überschwemmte, sodass sich die Regierung bereits zu dem Eingeständnis gezwungen sah, dass sich das Phänomen immer mehr ihrer Kontrolle entzog.

Er kann nicht aufhören, darüber nachzudenken. »Ich bin alt«, sagt er sich, und blitzartig schießt ihm der Satz eines Mannes durch den Kopf, der ihm einmal versichert hat, »die Alten bringen ihr Leben mit Nachdenken zu, Alex, und dafür ist ihnen jeder Anlass recht.« Es stimmte: seit einigen Jahren ärgerte er sich über die viele Zeit, die er mit dem Nachdenken über solche Nichtigkeiten wie die Qualität des Brotes vergeudete, das in der Bodega auf Lebensmittelmarken verkauft wurde, »obwohl du selbst diesen Müll weder kaufst noch isst, Alex«, oder über die großen Veränderungen, die diese Gesellschaft von einem Tag auf den anderen mitmachen musste, »die sich immer noch sozialistisch nennt, obwohl sie ein Frankenstein ist, den keiner mehr kapiert, Väterchen«. Solche Dinge sagte Alain Bec, wenn er seine Uniform wie eine schmutzige und lästige Haut abstreifte und sich gab, wie er war, ein ganz normaler Kubaner, der genau wie die anderen unter den unverständlichen kleineren Übeln des Landes litt.

»Ich fahre weg und schau mir ein bisschen die Landschaft an, Väterchen«, hatte er genau vor drei Tagen gesagt.

Alex hatte ihm schweigend in die Augen geschaut, wie immer, wenn er die Worte des jungen Mannes nicht verstand; das System von Signalen funktionierte perfekt, das sich in den Jahren ihrer Freundschaft eingespielt hatte, einer Freundschaft, der es Alain Bec zu verdanken hatte, dass er während seiner Tätigkeit bei der Polizei eine Menge Fälle aufklären konnte; die beiden konnten sich sogar rühmen, die Helden zweier Romane zu sein, die ein gemeinsamer Freund, der Schriftsteller Justo Marqués, mit beträchtlichem Erfolg bei Kritik und Lesern veröffentlicht hatte und die von zwei Fällen handelten, die sie in seine Schriftsteller- und Journalistenhände gelegt hatten: *Die Türen der Nacht* - ein Fall von Kindesentführung zum Zweck der Prostitution- und *Wenn Cristo dich entkleidet*, ein Roman über eine Transvestitentruppe und die - wirklich geschehene - Ermordung von Alex' Tochter Patty, ein Akt der Rache aus homoerotischer Leidenschaft.

Alain sah an der Miene des Alten, dass er ihn nicht verstanden hatte, und klärte ihn auf.

»Nach El Guaso«, sagte er, »nach Guantánamo. Ein kleines Arschloch aus Havanna hat eine Alte in El Vedado umgebracht, ist in den Oriente abgehauen, und dort hat er gleich noch jemanden umgelegt.«

Es war einer seiner üblichen Fälle, und Alain hatte die Genehmigung eingeholt, den Mann persönlich festzunehmen.

»Einer meiner Informanten, Väterchen...« präzisierte er. »Er ist so aus dem Ruder gelaufen, dass er mir für einen Verrat büßen muss. Er hat mir falsche Informationen geliefert, und ich hab einen Patzer gemacht.«

Alex wusste, wie sehr Alain es hasste, sich lächerlich zu machen, und wollte deshalb nicht in der Haut dieses Burschen stecken.

»Armer Kerl. Ich möchte nicht in seiner Haut stecken, wenn du ihn schnappst«, wiederholte er laut.

Er fehlte ihm. Er hatte sich daran gewöhnt, dass Alain immer, wenn es ein Problem zu lösen gab, zur Stelle war, um für ihn die Kastanien aus dem Feuer zu holen; und obwohl er Alain nicht für einen Starpolizisten hielt - er hatte nichts mit Perry Mason gemein, noch viel weniger mit dem Agenten 007, dem in Kuba so bekannten Helden der alten Fernsehserie - besaß er eine erschreckende Intuition, wie der dicke Hercules Poirot (»ein Riecher wie ein junger Jagdhund«, so nannte es Alain selbst). Dass er ihn auf seiner Seite hatte, auf dem Terrain der Unterweltjustiz, war etwas vom Besten, was Alex in den letzten Jahren passiert war. Das war ihm ganz klar.

Wäre Alain jetzt zum Beispiel hier, hätte man diese drei Toten nicht unter absoluter Geheimhaltung in die Leichenhalle des Krankenhauses schaffen müssen, wo Eugenio arbeitete, der Arzt, der Alex' Familie seit fünfzehn Jahren behandelte. Es wäre auch nicht nötig gewesen, den armen Doktor, der sich vor Angst in die Hosen machte, als ihn Alex um diesen

Gefallen bat, in die missliche Lage zu bringen, eine Ausrede erfinden zu müssen, damit die Autopsie gemacht und geklärt werden konnte, was zum Teufel den Tod der Unglücklichen verursacht hatte. Um keinen Verdacht bei den Vorgesetzten zu erregen, sagte er: »Die Kollegen von der Onkologie sind überlastet und haben uns um diesen Gefallen gebeten.« Alex hatte falsche Begleitpapiere und einen gefälschten Antrag auf Autopsie beschaffen müssen und dafür einen weiteren Freund in die Sache hineingezogen, der bei der Städtischen Direktion für Öffentliche Gesundheit arbeitete, in El Vedado, und eben dieses Onkologische Krankenhaus leitete. Alles ziemlich kompliziert.

Alain hätte ohne große Komplikationen die Ergebnisse »der Aufschneiderei« bekommen - so salopp sprach er von dieser Methode - und die Leichen problemlos verschwinden lassen können, genau wie die Polizei sonst solche Angelegenheiten regelte, und mit der Hilfe und Komplizenschaft seiner Kollegen. »Wir haben alle unsere kleinen Probleme, Väterchen; jeder muss für irgendwen irgendwas verschweigen«, hatte ihm Alain beim letzten Fall erklärt: Ein ehemaliger Sträfling, der von dem skandalösen Kopfschmuck erfahren hatte, den ihm seine Frau im eigenen Bett mit einem hübschen Macho aus dem Viertel aufsetzte, beschloss, bei seiner Frau sein Debüt als Metzger zu geben, ebenso bei dem jungen Kerl, der die alte Hure besprang, und sogar bei dem kleinen Mädchen, das immer im Wohnzimmer mit Puppen spielte, während sein Vater der Frau des unglücklichen Gehörnten einen Fick verpasste. Der Ehemann kam unversehens und genau zu dem Zeitpunkt nach Hause, als sie von ihrem Liebhaber geritten wurde, und begann mit dem Schlachten: Er zerstückelte sie mit einem kleinen, rasiermesserscharf geschliffenen Buschmesser, das er in der Küche hatte, um das Rindfleisch vom Schwarzmarkt zu zerteilen. Ein satanisches Gemetzel. Er hörte nicht auf, mit der Machete auf die nackten, verschwitzten Körper einzudreschen, bis er vor lauter Blut nichts mehr sehen konnte und innehielt, um sich im Badezimmer das Gesicht abzuwaschen. Die Köpfe steckte er in eine Plastiktüte und warf sie draußen in den Müllcontainer. Dann trennte er, ein geduldiger Schlachter der Hölle, das Fleisch von den Knochen, legte die großen, blutigen Stücke in die Gefriertruhe, warf die Knochen dem Dobermann vor, der den Innenhof bewachte, und machte sich aus dem Staub.

Hätte der alte Alex nicht eingegriffen, wäre der Mörder wohl am Ende gelyncht worden. Er versprach ihn zu schnappen und schaffte es auch nach wenigen Tagen. Sie stöberten ihn in seinem Versteck auf, einer elenden Bude in Alt Havanna, und verfuhren mit ihm nach der Methode, die Alex »Auge um Auge« nannte: zuerst ein Schuss ins Bein, damit er am Leben blieb und nicht entkommen konnte, dann wurde der arme Teufel den Angehörigen der Opfer übergeben, die auf Rache brannten. Zwei Tage später machten sie sich auf die Suche nach den Leichenteilen. Da jedoch verkomplizierte sich die Sache: eine Frau aus der Familie des Liebhabers ging in einem Anfall von Wahnsinn und Reue zur Polizei und packte aus. Dadurch kam Alains System von geschuldeten Gefallen und gegenseitigen Abhängigkeiten in vollem Umfang ans Licht, aber die Sache wurde vertuscht.

Er schüttelt den Kopf, wie um den Gedanken Luft zuzufächeln. Die kalte Brise lässt ihn schaudern. Die Lichter der ein paar Häuserblocks entfernten Avenida zeigen ihm die Meereswogen, die donnernd an der Mauer des Malecón zerschellen. Das Wetter sieht ganz anders aus als die im Fernsehen angekündigte Kaltfront mit starken Regenfällen; nur die Kälte ist eingetroffen, kriecht ihm in die Knochen und macht ihm eine Gänsehaut. Er bleibt trotzdem stehen, schaut in die tiefschwarze, kompakte Unendlichkeit des Meeres, die allmählich vergeht und durch ein paar schüchterne, rötlich glänzende Töne aufgehellt wird; er hält immer noch das Glas mit Eierlikör in der Hand und atmet tief die Luft, die die Dächer der Stadt erobert.

Doch der Gestank bleibt. Und die Toten: die Bilder von den Toten.

Er versteht nicht, warum er sich verändert hat. »Du bist alt, Alex« sagt er sich wieder einmal. Damals, in seiner Jugend, als das Land von der Mafia und Batista beherrscht wurde, als er seine Energie und seine Kenntnisse in den Dienst von Meyer Lansky und Lucky Luciano, den Genies des Bösen, gestellt hatte, besaß der Tod eines Menschen keine größere Bedeutung als das Sterben einer Ameise, die man mit dem Finger zerquetscht. Er kam zu dem Schluss, dass er sich ebenso an den Tod anderer Menschen gewöhnt hatte wie ans Atmen - ohne sich bewusst zu sein, dass er es tat. Es war ihm unangenehm, sich eingestehen zu müssen, dass seine jetzt müde gewordenen Augen Hunderte von Leichen gesehen hatten, »auch du selbst hast nicht wenige ins Jenseits geschickt, alter Schweinehund« - und heute spürt er einen Stich im Bauch, wenn er nur davon hört, dass jemand gestorben ist. »Das ist, weil du alt bist, Alex«, wiederholt er in Gedanken, »du bist selbst bald an der Reihe«, und dann denkt er wieder an Alain und lächelt über seine Einfälle: »Ein Kerl wie du stirbt nie, Väterchen! Und wenn, dann nur, weil er auf den Arsch der Todes-Parze scharf ist.«

Dem von den drei Leuten in der Grabkammer, der oben auf den anderen lag, auf dem Rücken, war der Bauch mit dem Messer aufgeschlitzt worden. Er wird das Bild von dem aufgedunsenen Bauch nicht los, von dem zähflüssigen, lebenden Teig aus Würmern, vermischt mit vergammeltem Fett und Blut. Es war ein Ausländer, möglicherweise aus Spanien. In einer der Taschen, die die Mörder geleert hatten, um keine

Spuren zu hinterlassen, hatten sie einen winzigen Strafzettel übersehen, den Alex überprüfen ließ, während er mit Eugenio zur Leichenhalle fuhr. Francis hieß der Mann, auf den der Strafzettel ausgestellt war, und der Esel, der ihn ausgestellt hatte - einer jener Beamten, die sich mit ihrer Dummheit um den Ruf der Polizei verdient machten, und Polizisten galten allgemein als Analphabeten - hatte eine so schlechte Handschrift, dass der Familienname nicht richtig entziffert werden konnte, obwohl er ziemlich kurz und ungewöhnlich war: Rubi oder Rulls. Außerdem trug er ein T-Shirt der NH-Hotelkette, und Alex erinnerte sich, dass das Hotel Parque Central, ehemals von Golden Tulip geleitet, vor kurzem von NH erworben worden war, einer ziemlich bekannten Kette mit spanischem Kapital.

Die anderen beiden waren der Kleidung nach Kubaner. Der junge Mann musste laut Autopsie um die dreißig sein, die junge Frau kaum über fünfundzwanzig. Sie hatte einen schönen Körper, weißhäutig, phantastische Schenkel, große Hinterbacken und kleine, feste Brüste; getötet wurde sie mit einem Dolchstoß in den Rücken, der ins Herz traf. »Den da haben sie hier getroffen, schau mal!« sagte Eugenio zu ihm und zeigte auf ein schwärzliches Loch unten am Hals der anderen Leiche. »Eine feine, eiserne Ahle«, meinte er; der Tod sei eingetreten, weil sie ihm die Luftröhre zerstochen hätten. Er war angewidert. »Ich hab eine Unmenge Zeit vertan, bloß um das ganze Gewürm von den Leichen abzukratzen, und jetzt kann ich mich eine Woche lang in der Badewanne mit der eisernen Bürste schrubben, bis ich den Gestank los bin!« Dabei wies er auf die rundlichen, weißlichen Würmer, die noch immer ziel- und zahllos auf dem Edelstahltisch umherkrochen, wie verärgert, dass man sie um ihr Festmahl gebracht hatte.

»Was meinst du, wie sie in das Grab gekommen sind?« fragte Alex einen seiner Neffen, der mit seinen beiden Brüdern hinter dem Alten stand und die Szene mit einer Miene beobachtete, als würde er sich gleich übergeben. Seit er klein war, fungierte er als sein Leibwächter, zusammen mit seinen Brüdern, und Alex warf ihm immer derartige Fragen hin, vor allem, weil er laut nachdenken musste, nicht so sehr, weil er eine Antwort erwartete.

Der Mulatte machte eine Geste des Nicht-Wissens, wandte sich um und kam einer der anderen Aufgaben nach, die ihm Alex übertragen hatte. Er sollte sich einen Vertrauten von Alain in dessen Dienststelle zu Nutze machen: »Frag nach Tomate, dem Mann im Archiv«, hatte er zu seinem Neffen gesagt, und dabei war ihm eingefallen, dass er dem Schwarzen, der sich etwas darauf einbildete, Alains bester Freund zu sein, für einen früheren Gefallen noch eine Flasche Havanna Club vom Siebenjährigen schuldete.

Das Blut kochte ihm fast buchstäblich in den Adern; die Flamme, die es zum Kochen brachte, wurde geschürt von einer kalten, ohnmächtigen Wut. Wie konnte jemand die Dreistigkeit besitzen, diese Leichen in eine seiner Grabstätten zu werfen, ohne ihn zu fragen? Entweder veränderte sich Havanna allzu schnell, oder seine Autorität war im Schwinden begriffen; vielleicht war es auch, wie sein anderer Neffe und Leibwächter vermutete, purer Zufall: jemand hatte die Leichen loswerden müssen und in die Grabkammer geworfen, ohne zu ahnen, dass sie für die Kadaver von Bestien reserviert war, von denen die Gesellschaft nicht einmal zu Lebzeiten etwas wissen wollte. Sie wurden nach dem »Gesetz des Viertels«, wie er es nannte, verurteilt, nach einer der Säuberungen, die er von Zeit zu Zeit durchzuführen gezwungen war, um einigen allzu brutalen Verbrechern ins Gedächtnis zu rufen, dass die Machthaber in den Vierteln von Habana Vieja und Centro Habana Vor- und Familiennamen besaßen und respektiert werden mussten.

Aber in diesem Stadium seines Lebens und wegen der Fäulnis, die die ganze Stadt erfasst hatte, glaubte er nicht an Zufälle oder unabsichtliches Zusammentreffen von Ereignissen, er konnte sich auch gar nicht den Luxus leisten, dies zu tun. Er musste den oder die Mörder finden, unter anderem, weil er, Alex Varga, vielleicht ein alter Mann war, aber noch dieselben hartgesottenen Eier besaß wie damals, vor fünfzig Jahren, als die Mafiosi ihm Respekt zollten; dieselben hartgekochten Eier und dieselbe Intelligenz, deretwegen sein Name mit Respekt und sogar Angst genannt wurde, wenn von dem die Rede war, was die blinden offiziellen Journalisten als »Unterwelt« bezeichneten und dabei vergaßen, dass es die wirkliche Welt war, wahrscheinlich die einzig mögliche Welt, in der Millionen Kubaner ihr Dasein fristeten. Und er würde die Kerle finden. Das stand fest.

EINS

Alain hat recht: Das einzig Reizvolle an den schwarzen Kubanerinnen ist der Arsch. Eine Vielfalt von Ärschen, die es nirgends sonst auf der Welt gibt, in keiner Galaxie und auch nicht im hintersten Winkel des Universums. Alex sitzt am Malecón, gegenüber ein altes Gebäude, der Palacio de las Cariátides, den die Spanier zu ihrem Kulturzentrum in Havanna ausgebaut haben, und die Mulattin, die mit schwingenden Hüften geht und nach allen Seiten erotische Pfeile abschießt. Sie ruft ihm das Gespräch ins Gedächtnis, in dem Alain nach langen Stunden theoretischer Diskussion über den Rassismus eingestanden hat, selbst ein abgebrühter und eingefleischter Rassist zu sein: »Der einzige Schwarze, mit dem ich befreundet bin, bist du, Väterchen. Da siehst du mal, sogar Gott macht Fehler: du hättest eigentlich als Weißer zur Welt kommen müssen.«

Er vermisst ihn. Der junge Mann gehört zu seiner Familie, seit Patty ermordet wurde, seine Tochter, mit der Alain eine kurze, außergewöhnliche Affäre hatte; danach jedoch hatten die beiden zu einer guten geschwisterlichen Beziehung gefunden, die nur der Tod zerstören konnte, wie er es mit allem tut. Und der »kleine Dreckskerl« fehlt ihm. Besonders jetzt. Die Jahre verbieten ihm, sich dem Stress auszusetzen, Spuren zu verfolgen, die Untaten einer Unterwelt zu entziffern, die mehr und mehr auf niederträchtige Gemeinheiten setzt, und in der geheim gehaltenen Scheiße der Stadt die Spuren menschlichen Ungeziefers zu verfolgen, das wie Unkraut gedeiht, während sich das Land vergebens abstrampelt, um nicht im Treibsand des Sozialismus unterzugehen, während es den Zuschauern seines Untergangs weiterhin ein Lächeln zeigt, als wäre alles in schönster Ordnung.

»Wie Gott den Kakerlaken die Fähigkeit verliehen hat, einen Nuklearangriff zu überleben, so hat er den schwarzen Frauen den Arsch gegeben, während die weißen Frauen das Engelsgesicht und die wohlgeformten Brüste abgekriegt haben«, sagt Alain immer, und Alex kann ein kurzes, halbes Grinsen nicht unterdrücken. Dabei hat er nie herausgefunden, was zum Teufel ihn veranlasst, diesen jungen Mann anders zu behandeln: Hätte ein anderer seine Rasse beleidigt, dann wäre ihm eine ordentliche Tracht Prügel sicher gewesen. »Zuneigung besänftigt alles Mögliche«, schließt er, und diesmal grinst er breit.

Die Mulattin entfernt sich und wird genau an der Ecke, wo der Malecón nach Alt-Havanna einbiegt, von ein paar angeheiterten Schwarzen angemacht, denen sie lautstark die Meinung sagt: »Meine Maschine läuft nicht mit Erdöl, Jungs; was die braucht, ist Benzin! Ihr habt keine Chance bei mir, nicht mal, wenn ihr euch weiß anmalt!«

Er grinst wieder. Auch darin ist Alain wie ein Orakel: In Kuba herrscht Rassismus auf allen Seiten. Die Weißen tun in der Öffentlichkeit so, als akzeptierten sie die Schwarzen, verabscheuen sie jedoch innerlich. Die Schwarzen tragen in derselben Öffentlichkeit den Pelz des Opferlamms zur Schau, sind aber, sobald sich die Tür hinter ihnen schließt, noch rassistischer als die Weißen, außerdem diskriminieren sie sich untereinander. Wenigstens trifft dies auf die ungeheure Mehrheit der Menschen in diesem Lande zu. Eben hatte er den Beweis vor Augen: die Mulattin wollte von den typischen Exemplaren ihrer Rasse nichts wissen, »die sind ja schwärzer als der Teufel«, und sie hat es ihnen ins Gesicht gesagt, dass sie es mit den Weißen hält. Typisch kubanisch.

Bei diesen Gedanken entdeckt er Néstor, wie er, eine Lücke im Strom der Autos nutzend, im Trab die Avenida überquert. Um diese Nachmittagszeit ist der Malecón belebter: Leute joggen auf dem Gehweg, um die Rettungsringe zu reduzieren, die sie der schlechten kubanischen Ernährung verdanken; andere flirten, geben Küsschen und legen sogar, heimlich oder mit der dreisten Blindheit der Verliebten, die Hand an verbotene Stellen; wieder andere atmen beim Gehen das salpetrige Aroma der Wellen ein, die gegen die Riffe schlagen, und halten den Blick aufs Meer gerichtet, um sich den faszinierenden Anblick der Bläue nicht mit dem Zerfall von Gebäuden, Träumen und Leben zu verderben, der auf der anderen Seite stattfindet; manche sitzen auf der Mauer um nachzudenken; andere kommen zusammen, um die Flasche kreisen zu lassen, laut ihre Lebensfreude zu äußern und zu singen; Schwule angeln nach gleichgesinnten Touristen - wenn sie Geld haben, um so besser: doppeltes Festmahl; Huren angeln ebenfalls nach dem Geld der Ausländer, die mit Kamera am Hals und in Shorts vorüberflanieren und die scheinbare Ruhe dieser Stadt genießen, die riesenhaft und verlockend auf der anderen Seite lärmt.

»Es sind drei, Alex«, sagt Néstor und setzt sich auf die Mauer. Auf dem Balkon des Spanischen Kulturzentrums wischt eine junge Frau den Boden, und er winkt ihr zu. Sie winkt zurück.

Alex hat von Anfang an gewusst, dass er Nägel mit Köpfen machen muss: da zu vermuten war, dass einer der Männer aus Spanien stammt, fragte man am besten nach, ob ein Sohn des großen Mutterlandes vermisst sei. Das konnten nur Leute von der Botschaft wissen, und obwohl der Alte keine Verbindungen zu diesen Kreisen hatte, erinnerte er sich, dass Néstor, ein Schulkamerad seiner Tochter Patty, der in einem großen Haus an der Ecke seines eigenen Häuserblocks wohnte, seit ein paar Jahren im Kulturzentrum arbeitete.

Heute vormittag hatte er den jungen Mann angerufen und ihn um den Gefallen gebeten, sich zu erkundigen, ob irgendein Spanier vermisst werde, und Néstor hatte eingewilligt. »Ich hab ne Kleine da drin, Alex, in der Botschaft.« Am Nachmittag werde er ihm wohl Bescheid sagen können.

»Zwei Touristen und ein Unternehmer«, weiß er zu berichten und dreht den Kopf nach einer Weißen, die verschwitzt und sinnlich, mit großen, schwingenden Brüsten an ihnen vorbeijoggt, mit Walkman, Kopfhörer und dem Lauf einer erschöpften Gazelle.

Über die Touristen sei absolut nichts bekannt, »außer dass sie ihre Pauschalreise in Sevilla gebucht haben - Varadero, Cienfuegos und später Havanna.« Eines Nachmittags hätten sie das Hotel verlassen, »um die freien Tage zu genießen, die es bei einigen Reiseprogrammen gibt.« Sie seien nie zurückgekehrt.

»Und das war vor ein paar Monaten, Alex«, sagt er. »Das haut sogar mich um, diese Nachricht.«

Eine heikle Sache. Niemand käme wohl auf die Idee, dass zwei Menschen in Kuba einfach verschwinden könnten, auf dieser Insel des Friedens, in diesem Paradies der Ruhe, wie es in Touristenblättern und der politischen Propaganda der letzten Jahre hieß. Unverhofft, wie von einer der starken Böen herbeigeweht, die als kalte Luftwirbel vom Meer her kommen, fiel Alex ein lange zurückliegendes Gespräch mit Nora ein, einer der Polizistinnen, mit denen Alain befreundet war: »In diesem Land geht keine Stecknadel verloren, Väterchen; alles ist unter Kontrolle«, hatte sie mit einer Sicherheit gesagt, die keinen Raum für den Verdacht ließ, dass es vielleicht doch nicht so war, wie sie behauptete.

Doch die Zeiten hatten sich geändert. Wer hier am unteren Rand der Gesellschaft in diesen Vierteln lebte, wusste sehr wohl, dass die Wirklichkeit anders aussah. Die Gewalt mochte nicht dasselbe Ausmaß erreichen wie in Großstädten wie Mexico City oder Bogotá, wo Geschichten passierten, die auch den Abgebrühtesten die Haare zu Berge stehen ließen, aber sie war auf dem besten Weg dorthin: wie ein Alien, das, ausgebrütet in den Abfallhaufen der Armenviertel, langsam heranwuchs, immer größer wurde und alles vergiftete, was es berührte. Ein König Midas der Scheiße: alles, was sein Pest-Atem erreichte, wurde Exkrement, Abfall, verdarb und verfaulte; ein Tier, das jeder Kontrolle durch die Gesellschaft entging, und zwar, weil sich eben diese Gesellschaft weigerte, seine Existenz anzuerkennen, getreu einer Maxime, die Alex idiotisch erschien: Kuba sei das Paradies, das der Höchste den Menschen verheißen habe; und der Rest der Welt: Variationen der Hölle auf Erden.

»Das haut jeden um, Junge«, sagt er. »Es ist ein Missstand, den man nicht sehen will. Deshalb ist es so schwer zu glauben.«

»Und ein Übel, das man leugnet, kann man auch nicht abschaffen.«

Wieder versinken sie in Schweigen und schauen der kleinen weißen Läuferin mit den schwingenden Brüsten und dem Walkman zu, die jetzt in langsamem Schritt und tief durchatmend zurückkehrt.

Über den Unternehmer sei dafür einiges bekannt: Er heiße Francis Rulls und sei ein spanischer Jude, der in Panama arbeitete und in Kuba Geschäfte mit einer spanischen Firma machte, »eine von den Firmen, die Bier- und Limonadedosen zurücknehmen und weiterverwerten.« Er sei zu einer

Konferenz gekommen, um die Verträge für das beginnende Geschäftsjahr zu unterzeichnen. «Ziemlich wichtige Verträge, Alex, von der Sorte, die einen Haufen grüne Scheinchen bringt.«

»Er soll eine Stunde nach seiner Ankunft bestätigt haben, dass er an der Konferenz teilnehmen wird«, fügt er hinzu und rutscht auf der Mauer umher, um seinen Hintern bequem zu platzieren.

Er erschien nicht zu dem Termin. Die Leute des kubanischen Unternehmens machten sich Sorgen und versuchten herauszufinden, wo er steckte. »Aber nichts, Alex, der Kerl war verschwunden wie die Fee bei Aschenputtel.« Als sie daraufhin in Panama nachfragten, ob etwas Unvorhergesehenes passiert sei, das ihn zur Rückkehr gezwungen habe, hieß es, er sei noch in Kuba und habe strikte Anweisung, erst zurückzukommen, wenn alle Verträge unterzeichnet und alles geregelt sei.

»Man weiß immer noch nichts von ihm.«

»Und die Polizei wurde nicht eingeschaltet?« sagt Alex, erstaunt, dass Néstor sie noch nicht erwähnt hat, obwohl es sich um einen Fall dieser Größenordnung handelt.

»Das ist ja das Merkwürdige, Alex«, antwortet der junge Kerl und starrt auf den Balkon eines gegenüberliegenden, halb zerfallenen Gebäudes, direkt neben dem luxuriösen Kulturzentrum, wo eine Mulattin Babywäsche aufhängt. »Wenn wichtige Ausländer beteiligt sind, schaltet sich immer das Innenministerium ein, die von ganz oben, das sind delikate Geschichten. Aber sie haben keinem ein Sterbenswörtchen gesagt, außer den Leuten von der spanischen Botschaft natürlich.«

Diese Informationen seien ohnehin streng vertraulich, und er habe alle Register ziehen müssen, damit »die Kleine mir diese Sachen erzählt, Alex; sie hatte die Hosen gestrichen voll, und es riecht, als wäre was faul an der Sache.«

Auch Alex steigt bei der Sache der leichte, aber nicht zu verleugnende Geruch von Fäulnis in die Nase; eine Fäulnis, die aus einem Grund, der noch herauszufinden ist, verborgen bleiben soll, wie die beschmutzten Kleidungsstücke, die nur im Inneren des Hauses gewaschen werden, um keine anstößigen Intimitäten preiszugeben.

»Du fehlst mir hier wirklich, Alain!« denkt er und vermisst mehr denn je den besonderen Riecher, den sein Freund bei komplizierten Fällen wie diesem beweist, wenn er auch in anderen Dingen ein vollkommener Versager sein kann. Wenn der knurrende Spürhund Alain nachdenken musste, dann dachte er nach, und er besaß einen seltenen Sinn, eine hellseherische, fast übersinnliche Kompassnadel, die ihm genau zeigte, was zu tun war, wenn unbekannte Faktoren wie die, mit denen sich Alex jetzt konfrontiert sah, auftauchten.

Er bleibt stumm, in nachdenklicher Haltung sitzen, obwohl sein Geist leer ist, und Néstor respektiert sein Schweigen. Ein Touristenauto bremst ganz in der Nähe, die hintere Tür geht auf und eine schlanke Frau steigt aus, blutjung, fast noch ein Kind, aber mit prallen Hinterbacken, die den Stoff ihres halbtransparenten Kleides sprengen und aus der unnatürlichen Umklammerung des Slips ausbrechen wollen: es ist ein winziger Tanga, der zwischen den Gesäßmuskeln verschwindet und in Kuba »Zahnseidenfaden« genannt wird, als wären die Hinterbacken der Kubanerinnen Zähne. »Wahrscheinlich stimmt's« denkt Alex, als er sieht, wie das Mädchen mit der Routine einer erfahrenen Hure den Touristen küsst und dabei die Hand unter sein Hemd schiebt, um seine Brust zu streicheln. »Hinterbacken mit Zähnen, um jeden ausländischen Dummkopf zu verschlingen, der auf die Insel kommt.«

Die kleine Nutte geht zur Mauer und winkt kokett dem davonfahrenden Auto nach, schaut nach links und rechts, wartet eine Lücke im Verkehr ab, überquert mit schnellen, aufreizenden Schrittchen die Avenida und begrüßt einen Polizisten mit Küsschen, der die Szene vom gegenüberliegenden Gehsteig aus beobachtet hat. Er hat in der Hofeinfahrt jenes Gebäudes Schutz vor der Sonne gefunden, auf dessen Balkon Néstors kleine Mulattin jetzt wieder erscheint, um Windeln aufzuhängen.

Alex sieht, dass die Nutte und der Polizist miteinander reden und sich anscheinend zanken, in leisem, aber barschem Ton, und schließlich sieht er, wie sie Geld aus der kleinen Tasche nimmt, die an ihrem Hals baumelt, es mit einer ärgerlichen Geste dem anderen in die Tasche steckt und auf dem Gehweg davoneilt, um in Richtung Barrio de Colón zu verschwinden, wo schon immer das Nuttenviertel war, wie Alain behauptet, »als hätte diese Gegend eine besondere Anziehungskraft für das Geschäft mit den fleischlichen Sünden, Väterchen!«

Néstor hat ebenfalls schweigend die Szene verfolgt, selbst die kleine Mulattin hat innegehalten und zum Gehweg hinuntergeschaut, wo sich die Nutte und der Polizist zankten. Sie nimmt ihre Arbeit wieder auf, und Néstor scheint die stetigen Bewegungen der jungen Frau zu genießen, wie sie Windel um Windel auf die sonnen- und luftgebadete Wäscheleine hängt. Jemand tritt in die Toreinfahrt des Kulturzentrums und winkt.

»Noch was, Alex!« sagt Néstor, der aufgestanden ist und dem anderen ein Zeichen gibt zu warten. »Vielleicht nützt es dir was: Der Typ hatte eine Nutte hier in Havanna.«

Eine offizielle Nutte, eine Art Geliebte, die er in einem großartigen Wohngebäude in El Vedado einquartiert hatte und mit der er zusammenlebte, wenn er auf der Insel war.

»Sie wohnt dort in dem Haus am Parque del Quijote, in der Straße I«, präzisiert er. »Hildelisa Santos ist ihr Name, aber man nennt sie Lisa.«

Den kleinen Weißen haben sie sich der Reihe nach vorgeknöpft, Väterchen; es war schlimm, wie er geweint hat. Die Knackis standen Schlange und haben einen Wettbewerb veranstaltet, wer auf den Zentimeter genau sagen kann, wie tief der weiße Arsch von dem Jungen war. Sie haben ihn ausgezogen, seine Hände und Füße festgehalten, er hat auf dem Bauch auf einem kleinen Tischchen in unserer Schlafbaracke gelegen, und sie haben ihm die Beine auseinander gezerrt, damit man das Loch genau sehen konnte. Jeder Knastbruder hat sich hinter seinen Arsch gestellt, sein Ding rausgeholt, ein bisschen Speiseöl auf das Loch gekippt – einer hat gerufen, das wäre gut, »damit er länger durchhält, meine Herrn!« – und nagelte ihn eine Weile, bis er in dem kleinen Dicken kam. Am Anfang hat er geheult und gebettelt, bitte, um Gottes Willen, bei meiner Mutter, bei der Jungfrau Maria, bei tausenden von Sachen, sie sollten ihm nichts mehr tun, aber die Schlange von Knackis, die sich anstellten, wurde immer länger. Es waren schon zwanzig Mann oder so dran gewesen, er hatte schon aufgehört zu flennen, wie wenn er aufgegeben hätte, da hab ich's nicht mehr ausgehalten, bin von meiner Pritsche runter und dazwischengegangen. »Ihr bringt ihn noch um, ihr Blödmänner, das gibt Ärger! Seht ihr das nicht, der sieht schon wie ein Toter aus!« Die noch nicht dran gewesen waren, haben protestiert, aber Macuto, der war als erster an ihm drangewesen, hat ihn umgedreht und auf den Rücken gelegt, und der kleine Dicke war nicht mehr bei Bewusstsein und sah schon wie eine Leiche aus, sodass alle wie gelähmt waren. Als hätte man uns einen Knüppel auf den Kopf gehauen. Stell dir vor, nicht mal ich hab mich getraut, ihn anzufassen. Die Leute sind auseinander und wieder in ihre Betten gegangen. Da war's plötzlich so still, dass man sogar das Geräusch von den Krallen der Kakerlaken hören konnte, die immer unter der Decke der Baracke in den Entwässerungsrohren vom Flachdach rumkriechen. Ich bin auch wieder zu meiner Pritsche gegangen, und ein paar Minuten später hat jemand das Licht ausgemacht. Die Glühbirne vom Flur hat den bewegungslosen Körper von dem Jungen auf dem Tisch beleuchtet. Ich hab lange überlegt, ihn angestarrt, gewartet, dass er sich bewegt oder irgendwas passiert, das zeigt, dass er noch lebt, dann bin ich wieder runtergeklettert und zu ihm hin. Er hat geatmet. Langsam, aber er hat geatmet. Es war kalt, er war immer noch nackt, und zwischen den Pobacken lief ihm eine zähflüssige Pampe raus, mit Fettbläschen, ich glaub, das war das Sperma von den Kerlen, die ihn gefickt haben, und das Öl, das sie jedes Mal draufgeschüttet haben, wenn einer drübersteigen wollte. Es war zum Kotzen, Väterchen. Da drin im Knast gewöhnst du dich an alles. Dass die Schwächlinge durchgefickt werden, gehört allmählich auch zum normalen Knastalltag, und am Ende glaubst du sogar, dass das so sein muss. Ich war immer einer von denen, die das Sagen haben, aber du weißt ja, ich musste dafür erst mal dem Kerl, der dort drinnen der Chef war, ein Auge ausschlagen, gleich an dem Tag, als ich dort ankam. Keiner hat damit gerechnet, dass ich dort reinkam, weil ich einen umgebracht hab. Aus Notwehr, das hat der Richter zugegeben, aber schließlich und endlich hab ich einen Menschen umgebracht, und ich seh ja aus, das stimmt schon, ich seh aus wie ein Blödmann, und deshalb haben die gedacht, sie könnten mich ficken und mich als Frau benützen. Aber das ist ihnen vergangen, als ihr Chef am Boden lag und nach Luft geschnappt hat und vor Schmerzen schrie unter meinen Fußtritten; er war voller Blut, ein paar Zähne haben ihm gefehlt, und das eine Auge, das hab ich überall rumgezeigt, wie bei einer Zirkusvorstellung. Ich hab's ihm rausgerissen, damit er Respekt lernt und damit keiner vergisst, dass Rocco die Frauen liebt und dass mein Arsch noch jungfräulicher ist als Santa Teresa, die meine Mutter so verehrt hat, Gott hab sie selig. Seitdem hatten sie Respekt vor mir. Ich weiß, dass sie ungeheuer Schiss hatten vor mir. Deswegen, und aus Angst, dass der Junge tot ist oder stirbt, weil sie ihm so den Arsch aufgerissen haben, hat sich keiner eingemischt, als ich den Jungen aufgehoben und zu der Pritsche getragen hab, die er kriegen sollte. Sie war neben dem Scheißhaufen - das kann man, bei meiner Ehre, Väterchen, einfach nicht anders sagen: die Kloschüsseln waren so vollgekackt, die sind schon übergelaufen. Stell dir das mal vor: Wasser kommt nur alle drei Tage, und wenn das aus den Reservetanks alle ist, kann man nicht mal mehr duschen. Der Gestank breitet sich im Schlafsaal aus und klebt an dir wie eine trockene Haut. Und du siehst mal wieder, die Leute gewöhnen sich sogar an so was, wenn sie im Knast sind. Der Gestank gehört schon zum Leben dazu.

Der Junge hat die ganze Nacht geschlafen. Er ist erst am Nachmittag aufgewacht, ein paar Stunden, bevor es was zu essen gab. Wie immer haben sie uns barackenweise hingebracht, und der Typ hat kaum was gegessen. Er hat den Kopf hängen lassen, unter sich geguckt und kein Wort gesagt. Einmal haben sich unsere Blicke getroffen, und das hat gereicht, ich hab gesehen, dass er genau wusste, dass ich es war, der ihn aufgehoben und zu seiner Pritsche getragen hat, obwohl er am Tag vorher in so einem Zustand war. Und da war so was Merkwürdiges in seinem Blick, ich weiß nicht, Väterchen, so was Komisches, wie wenn dich ein braver kleiner Junge flehentlich um was bittet. Man konnte schon von Weitem sehen, dass er gutes Futter gewöhnt war, und was sie uns vorgesetzt haben, war Scheiße, einfach Scheiße, das hat er mir ein paar Tage später selber gesagt.

In dieser Nacht wollten sie ihn wieder auf den Opferstein legen. So haben sie dazu gesagt, wenn die Neuen die ersten Tage gepackt und gefickt wurden, bis sie es satt hatten - immer der gleiche Arsch und verschmiert mit dem Sperma von so vielen Kerlen - oder bis zu einer Art von Box-Turnier, bei dem der Schwächling der Preis war und der Sieger ihn als Frau für jede Nacht bekam. Ich hatte sowas nie nötig. Du weißt ja: Caridad war jedes Wochenende bei mir. Mir war bloß wichtig, dass ich die Zeit rumbringe, bis die fünf Jahre voll sind, die sie mir aufgebrummt haben. Ich hab mich gut geführt, die Regeln eingehalten, alles darauf ausgerichtet, dass ich die Arbeit gut mache, die ich machen muss, damit die Zeit ohne viel Probleme rumgeht; für die Direktoren vom Knast war ich sogar der Wunderknabe. Aus dem Grund bin ich fast ein Jahr früher rausgekommen, und ich will dort nie wieder rein. Das Allertraurigste, was es im Leben gibt, ist, wenn du hinter einem Gitter hockst und den Himmel dort draußen siehst und anfängst darüber nachzugrübeln, was du alles machen würdest, wenn du frei wärst.

Also, in dieser Nacht hab ich mich mitten in die Baracke gestellt, meinen ganzen Schneid zusammengenommen und geschrieen, wer den Jungen noch mal anpackt, der kriegt's mit mir zu tun, und die Bestien sind zahm wie Karnickel zurück in ihre Pritschen gehüpft. Wir sind Freunde geworden. Er war in Ordnung, wirklich. Víctor hieß er, und er war einer von der Sorte, die nicht weiß, wie man einen Kinnhaken landet, und der keine Fliege umbringen kann, wie sie dort sagen, und er kam in den Knast, weil ihn ein Bulle reingelegt hat, wegen einer Weibergeschichte – wie findest du das, Väterchen? So einfach ist das. Der Junge hat die Frau von dem Bullen gevögelt, der der Polizeichef des Sektors war, wo sie gewohnt haben. Sie haben sich schon im Sandkasten gekannt. Nach dem, was er mir erzählt hat, war der Bulle in der Grundschule der Hanswurst, der Prügelknabe von allen: er bekam Tritte, wurde alles Mögliche geheißen, bekam sein Frühstück weggenommen. Als er groß war, ist er zur Polizei gegangen. Und das kennt man ja, Väterchen: die feigen Typen sind dann die größten Schikanierer und Leuteschinder, kaum kriegen sie ein bisschen Macht in die Finger. Das einzige Glück, das er im Leben hatte, war seine Frau. Víctor sagt, sie sei als Mädchen wunderschön gewesen, eine Zuckerpuppe, ein Sahnebonbon mit Titten. Und wie es aussieht, war der Bulle nicht bloß feige, er war auch nicht gut im Bett, also er traf bei seiner Frau nie den Punkt, den du treffen musst, damit sie sich an dich bindet und bei dir bleibt: Kaum hat sie Víctor gesehen, war sie wie toll. Und damit fing die Scheiße an: Wenn ein junger Kerl so angesprungen wird, ist es ihm völlig egal, ob die Frau verheiratet ist oder ob die Sache vielleicht ein schlimmes Ende nimmt, weil sie mit einem Bullen verheiratet ist.

Und sie hat ein schlimmes Ende genommen: eines Tages überrascht der Bulle seine Frau und Víctor, als sie gerade am Vögeln sind, splitternackt, wie sie zur Welt gekommen sind; er kommt genau in dem Moment ins Schlafzimmer, wo sie schreit: »Ja, du bist ein richtiger Mann, ja, so, mach's mir!« und solche Sachen, die die Frauen sagen, wenn man sie dort erreicht, wo's ihnen gefällt. Da war der Teufel los, Väterchen: lautes Geschrei, der Bulle schleift die nackte Frau mitten auf die Straße, beschimpft sie als Nutte, schamloses Luder, läufige Hündin, und Víctor, auch immer noch nackt, will sie verteidigen, die Nachbarn trennen die beiden Kerle und bringen Víctor nach Hause. Eine Scheißsituation.

Das war der Anfang. Und wir kennen das ja, Väterchen: hier in diesen Vierteln wissen die Bullen über alles Bescheid, was läuft, vor allem, wenn sie hier aufgewachsen sind und hier wohnen. Und fast immer drücken sie beide Augen zu: sie haben es genau so schwer wie man selber, viele mischen auch selber bei krummen Geschäften mit und sorgen dafür, dass die Leute leichter zu Brot und Geld kommen. Dieser Bulle war nicht anders als die andern, aber er wollte alles unter Kontrolle haben – nicht um Verbrechen zu verhindern, sondern damit er selber ein fettes Stück vom Kuchen abkriegt. Weil das dort eine feine Gegend ist, wo fast alle an Gott glauben und in die Kirche gehen, hat er den Spitznamen El Pastor, weil er immer den Schafen folgt und den Zehnten kassieren will, das ist das Allerwichtigste für ihn.

Er hat gewusst, dass Víctor einige Geschäfte laufen hatte, die nicht so ganz legal waren. Er hat ihm nachspioniert und ihn beim Verkaufen von Motorradteilen erwischt, die aus einer staatlichen Werkstatt geklaut waren. Dann hat er alles so hingedreht, dass Víctor als der große Verbrecher dastand, obwohl er das gar nicht war: der hatte nur einen Käufer aufgetrieben und an ihn Sachen aus einem Laden verschoben, in dem die Polizei beschlagnahmte Güter verkauft. Sie haben sogar Beweise gezinkt; ich glaub, sie haben ihm noch mehr Teile untergejubelt, die sie dann bei ihm zu Hause in einem Kämmerchen »gefunden« haben. Drei Jahre hat er gekriegt. Und jetzt halt dich fest, was jetzt kommt, habe ich von Víctor selbst, obwohl es so eine Riesensauerei ist, dass du's gar nicht glauben willst: an dem Tag, als der Prozess war und sie ihn verurteilt haben, kommt der Polizist zu ihm und sagt so leise, dass es niemand hört, das alles sei ihm deshalb passiert, weil er die Frau seines Nächsten nicht respektiert hätte. Víctor wird wütend und schreit, er würde die Frau finden und sie weiter vögeln, sobald er aus dem Knast rauskäme, falls sie nicht schon einen anderen Stecher hätte, sie hätte selber zu ihm gesagt, ihr Mann würde es ihr nicht richtig besorgen.

Natürlich ahnst du es schon, es musste so kommen: der Bulle geht hoch wie eine Rakete und will Víctor an den Hals, aber sie trennen die beiden und bringen ihn in eine andere Ecke vom Gerichtssaal, wo sie warten, bis die Gefangenen abgeholt werden, die an dem Tag verurteilt wurden. Es dauert lange. Dann sieht Víctor den Bullen wieder auf sich zukommen, er grinst wie einer, der jemanden verarschen will, und Víctor glaubt kein Wort, als der Typ wieder ganz leise zu ihm sagt, er würde nie mehr aus dem Knast rauskommen, er würde ihn dort drinnen um die Ecke bringen lassen.

Ich glaube, er hat Wort gehalten, Väterchen. Nachdem Víctor ungefähr drei Monate bei uns war, haben sie ihn in eine von den Besserungsanstalten verlegt, wo die Gefangenen Schulen bauen müssen. Ein paar Jahre hab ich nichts mehr von ihm gehört. Aber als ich wegen guter Führung rauskam, bin ich zu einem Freund von ihm hingegangen, zu dem er mich geschickt hat, und der hat mir erzählt, Víctor sei im Lager von einem Baugerüst gestürzt, aus dem fünften Stock, und er sei tot. Findest du das nicht auch ein bisschen viel Zufall?

Der gleiche Freund, Berardo, ein gutmütiger Dicker, er entwirft Kostüme in einem Kabarett, von dem ich den Namen vergessen hab, aber ich weiß genau, wo es ist, also dieser Freund hat mich zu Gino gebracht, dem Chef von den Mudos, *von den »Stummen«.*

Von ihrem Chef Gino hab ich dann gehört, dass Viktor auch im Drogengeschäft mitgemischt hat. Seine anderen Geschäfte waren ganz legal und mit Lizenz, ein Schmuckhandel und ein Zimmer in seiner Wohnung, das er vermietet hat, aber das war alles nur die Tarnung für das große Geld, das er beim Drogenverkauf an Touristen gemacht hat.

Die »Stummen« machen das ohne Tarnung. »Wir verkaufen sogar dem Papst noch Drogen, aber nur, wenn er seinen pseudoschwulen Lebenswandel aufgibt und die Sünde in vollen Zügen genießen will, mein Freund!« Das hat Gino am Anfang zu mir gesagt, als ich ihm den Zettel von Víctor gezeigt hab; den hatte er mir damals für später mitgegeben, bevor er in diese Besserungsanstalt kam; es war ein Empfehlungsschreiben, damit ich mir mal ein paar Pesos verdienen kann. Und jetzt gehör ich dazu. Es war ganz schön mühsam, die Dreckskerle sind saumäßig misstrauisch. Stell dir vor, sie haben sogar ihre eigene Zeichensprache. Hab ich dir noch nicht gesagt, warum sie die »Stummen« heißen? Wegen der Zeichensprache, Väterchen. Sie stellen sich taub und stumm, wenn sie Drogen verkaufen, und sie haben sogar einen Ausweis von so'ner Einrichtung, die sich um behinderte Leute kümmert. Aber ihre Zeichensprache ist anders. Also, wenn einer, der echt stumm ist, daneben steht und zuguckt, der versteht nur Bahnhof.

ZWEI

In einem Video von Televisión Miami über *Das geheime Leben des Fidel Castro* hatte er gesehen, dass Fidel in einer tollen Villa lebte, mit allem erdenklichen Luxus, mit superteuren Weinen und jedem Komfort für seine Familie, von dem die normalen Inselkubaner nicht einmal träumen konnten. Das eigene Haus des Comandante war im Vergleich zu dem, in dem er jetzt residierte, eine geschmacklose Schuhschachtel von eiskalter Modernität, trotz des wunderschönen Swimmingpools, der gepflegten Gärten und des Kinderspielplatzes, wo sich die Präsidentenenkel vergnügen konnten, weit entfernt von den Nöten der kubanischen Kinder, die ihr Spielzeug zu überteuerten Preisen in Dollars kaufen oder sich aus Stöckchen und Kartons selbst basteln mussten. Der Luxus war unglaublich. Es war kränkend, eine Beleidigung in einer Stadt mit so viel Elend wie Havanna.

Die Neureichen. Justo Marqués, der nie die Outdoor-Weste des rebellischen Journalisten gegen das triste Jackett des blinden offiziellen Journalismus eingetauscht hat, der hatte ihm von dieser neuen Klasse erzählt, die genau in dem Moment entstand, als die Regierung beschloss, den Dollar als Währung zu legalisieren. Mit Dollars konnte man dann bestimmte Waren in bestimmten Läden zu bestimmten Preisen kaufen, die skandalös, abschreckend hoch waren, und das nach etwa dreißig Jahren, in denen einem Gefängnis drohte, wenn man nur eine einzige Banknote des »Feindes« in der Tasche hatte. »Die Gleichheit in der kubanischen Gesellschaft ist futsch, Väterchen«, hatte er gesagt, während er gemächlich im Sessel schaukelte und, eisern an seiner Abstinenz festhaltend, eine Tropicola trank, die grottenschlechte, süßliche kubanische Variante der Coca Cola. »Dieses Land ist in Klassen gespalten: manche haben ständig freien Zugang zum grünen Dollar, andere haben ihn ab und zu, und dann gibt es die armen Teufel, die nie auch nur eine falsche Dollarnote mit dem Bild von Washington zu Gesicht bekommen.« Drei klar unterschiedene Klassen, wie er behauptet hatte: die einen lebten wie die Könige, die andern kamen über die Runden und den dritten gehörte nicht mal das Schwarze unter dem Fingernagel. »Soll das etwa der Sozialismus sein, Väterchen? Hör mir doch auf!«

Lisa wohnt in einer gehobenen Gegend in El Vedado. Von ihrem Haus aus kann sie die zentral gelegenen Orte der Stadt zu Fuß erreichen, und wer an dem großen Wohnhaus vorbeigeht, mit seiner historischen Fassade, die vom Gehweg durch eine Mauer, einen Zaun und einen schüchternen Vorgarten getrennt ist, würde nie auf die Idee kommen, dass drinnen Komfort, Luxus und guter Geschmack sozusagen zur Atemluft gehören. »Wie viele solcher Herrenhäuser mag es in Havanna wohl geben?« denkt Alex in seinem riesigen Sessel in dem weitläufigen Empfangsraum, in den man ihn geführt hat. Sein Blick hat jede Einzelheit des Raumes gemustert, beunruhigt angesichts der Macht des Geldes, die von dem ganzen Luxus ausgeht, als aromatische Essenz in der Luft liegt und ihn in eine ferne, fremdartige Galaxie hinaufschießt, Millionen Lichtjahre entfernt von diesen Stadtvierteln, wo man nichts anderes riechen kann als Scheiße, Abfälle, Fäulnis und immer wieder die Armut. An einer Wand entdeckt er ein Bild, das ihm bekannt vorkommt. Er meint, es in irgendeinem Buch gesehen zu haben.

»Ja«, sagt eine junge Frau von rotbraunem Teint und tiefschwarzem Haar, die sportlich gekleidet aus einer der Türen auftaucht. »Es ist ein Velázquez. Ein Original, natürlich. Was man im Museum sieht, sind Kopien.«

Ein Geschenk der Großmutter ihres Mannes. Die alte Dame habe eine ziemlich bedeutende Sammlung besessen, in vielen Jahren zusammengetragen, und auf dem Totenbett habe sie alles ihren Angehörigen vermacht, in der Überzeugung, sie könnten davon wie die Könige leben, wenn sie die Sachen eines Tages verkauften. Franco habe fast allen ihre Bilder gestohlen. Dieses hier sei wie durch ein Wunder gerettet worden: Die Experten und Spürhunde für spanische Malerei führten es nicht einmal in ihren Listen, es gelte als verloren, zerstört unter ungeklärten Umständen des wechselvollen Lebens von Velázquez.

»Francis brachte es mit, als wir dieses Haus gekauft hatten«, erklärt sie und setzt sich Alex gegenüber. Schlägt die Beine übereinander und lehnt sich zurück, ohne den Blick von dem Alten abzuwenden. »Das Hausmädchen sagte, Sie wollten sich über Francis erkundigen. Sind Sie von der Polizei?«

Alex versucht ein höfliches Lächeln. »Hat Schneid, das Luder« denkt er und schaut ihr in die Augen. Sie ist schön. Eine dieser jungen Kubanerinnen, die vor lauter Schönheit bei den Göttern wohnen müssten. Aber in der Tiefe ihrer Augen, blau wie die Linsen, die sie trägt, glaubt er jenen trüben Schleier zu erkennen, jene nebulöse Trübheit der Menschen, die keine reine Seele haben. Deshalb wartet er mit der Antwort. Er weiß genau, dass man in diese Art Leute langsam, aber mit Nachdruck eindringen muss, genau wie ein geschliffenes Messer ins lebendige Fleisch eindringt: mit größter Kaltblütigkeit.

»Du weißt genau, dass sich die Polizei niemals mit dieser Sache beschäftigen wird«, sagt er dann, und seine Stimme klingt rau und böse.

Das leichte Zittern im vollkommenen Gesicht der jungen Frau entgeht ihm nicht. Wie er feststellt, hat er ins Schwarze getroffen. Genau ins Zentrum.

»Sehen wir es doch mal so«, erklärt er und lehnt sich ebenfalls im Sessel zurück, atmet die kühle Luft des Salons und legt die Arme auf die Lehnen, »die Leiche deines Göttergatten ist auf MEINEM Gebiet gefunden worden.«

Er sieht, wie sie eine Schachtel Filterzigaretten herausholt und eine davon anzündet. »Sie ist nervös geworden und will sich beruhigen«, denkt er und grinst in der Überzeugung, dass sein Grinsen sie auf noch schwankenderen Boden, auf noch unsichereres Terrain führen wird. »Das Luder hat etwas zu verbergen.« Und während er die Rauchsäulen beobachtet, die ihren bemalten Lippen entströmen, ertönt in ihm ein lautes Signal, wie eine Leuchtrakete schießt eine Idee durch die Nacht seines Gehirns, die er als feine, aber tödliche Florettklinge gegen sie einzusetzen beschließt.

»Reicht es dir nicht, dass dein Mann dir so ein Leben bietet, wie in einem Schloss?«

Wieder ein eisiger Blick; er täuscht eine Festigkeit vor, die sie nicht besitzt. Sie atmet den Rauch tief ein, schluckt und lässt ihn durch Nase und Mund ausströmen, während sie sich seitlich setzt, um den Blick abzuwenden und auf die Marmortreppe zu richten, die zum zweiten Stockwerk des großen Hauses hinaufführt. Alex weiß, dass es diesen zur Schau getragenen, äußerlichen Frieden im Inneren dieses Köpfchens nicht gibt, dass die Strudel der Angst in ihrem mentalen Raum schwarze Löcher entstehen lassen, unverhofftes Schneegestöber, das die dünne Eisschicht zum Bröckeln bringen kann. Er beschließt, die Schraube vollends anzuziehen.

»Was nützt dir sein Tod?« fährt er sie barsch an.

»Sag mal, du warst wohl mit einer im Bett, die dir nicht gefallen hat?« kommt ihre Gegenattacke.

»Was nützt dir sein Tod?« wiederholt Alex unbeeindruckt.

Lisa senkt den Kopf und zerquetscht die Zigarette auf dem Boden eines mit einem Medusengesicht verzierten Aschenbechers aus weißem Marmor, den sie auf ihren Schoß gestellt hat, als sie anfing zu rauchen.

»Ich bin bei seinem Bankkonto die Begünstigte«, sagt sie mit erloschener, zitternder Stimme, den Kopf immer noch gesenkt. »Er ist Millionär, weißt du?«

Francis habe alles zu ihren Gunsten geregelt, für den Fall seines Todes. Eines Tages sei er mit einem Anwalt hier im Haus aufgetaucht. Er habe sie verschiedene Papiere unterschreiben lassen und sich dann gesetzt, um ihr zu erklären: Seine Familie in Spanien sollte keinen Centavo von seiner Arbeit bekommen. Sie hätten sich dafür entschieden, verkrachte Existenzen zu bleiben und »nicht einmal das Vermögen der Familie Rulls zu verteidigen gewusst.« Die einzige Gegenleistung, die er von Lisa verlangt habe, sei ein Kind gewesen.

»Aber du hast ihn nicht umgebracht, stimmt's?«

Er ahnt die Antwort. Fragt jedoch, weil er die Zügel in der Hand behalten muss. Die Jahre des Umgangs mit Verbrechern, des Zusammenlebens mit ihnen, während er ihre Geschicke leitete und, wenn nötig, zu einem der Ihren wurde, lassen ihn erkennen, dass Lisa, eine Frau aus der Unterschicht, aber mit Klasse, berechnend und kalt sein kann, aber niemals einen Menschen umbringen würde, der ihr, ohne dass sie darum gebeten oder danach gestrebt hätte, ein distinguiertes, angenehmes Leben in der High Society garantierte, und sie musste nur in der Woche mit ihm ins Bett steigen, in der er sich in Kuba aufhielt - was, das wusste er von Néstor, alle drei bis vier Monate vorkam. Auf der Insel war dies eine ganz normale Art, seinen Lebensunterhalt zu verdienen. Das wusste er. Viele Prostituierte würden lieber so leben als mit ihren Ehemännern Kuba zu verlassen, besonders nachdem sie die Vorteile der Ehe kennen gelernt hatten: sie konnten in die Heimat ihres Ehepartners fahren, wann sie wollten; sie unterstützten ihre Angehörigen direkt mit dem Geld, das sie ihren Gatten aus der Tasche zogen; sie genossen es, auf der Seite der Gewinner zu stehen und tagtäglich ihre Macht auf dem öffentlichen Laufsteg vorzuführen, die Macht dieses grünen Scheinchens, das sich Dollar nennt; und das vor den Augen einer Gesellschaft, die behauptete, sie zu verachten; dabei spreizten sie sich wie Paradiesvögel vor einer Menge, die von ihrem Lebensstil träumte, obwohl sie aus bloßem dummen Stolz das Gegenteil behauptete.

»Wozu hätte ich das tun sollen?« sagt sie, und diesmal ist sie es, die ihn kalt und mit festem Blick mustert. »So lange er lebte und seinen Geschäften nachging, wuchs das Bankkonto. Ich bin nicht blöd. Schau her, wie ich lebe. Mit mehr Geld könnte ich noch besser leben, glaubst du nicht auch?«

»Das ist die wahre Lisa«, denkt er und weiß, dass die junge Frau nicht lügt. Er spürt sogar, dass sich hinter der arroganten Pose, mit der sie auf das Haus gezeigt hat, um Alex ihren erlesenen Lebensstil vor Augen zu führen, eine Unsicherheit verbirgt, die nichts Verachtenswertes hat: die ewige Unsicherheit der Frauen, die die Rolle von Geliebten spielen. Er bekommt die Bestätigung, als das Hausmädchen - eine magere Schwarze mit großen Kaninchenzähnen und einer Haarkrause, die sie mit dem Elektrokamm glattgebügelt hat - zwei Gläser mit Mangoshake auf den niedrigen Tisch stellt, um den die Sessel und das Sofa gruppiert sind. Sie nimmt eins davon und ihre Hände zittern leicht, als klammerten sie sich an das Glas. Eine schöne Angorakatze, von einem sehr seltenen Grau, kommt und rollt sich zu ihren Füßen zusammen, während sie den Alten auffordert, seinen Milkshake zu trinken.

»Eine Routinefrage«, sagt Alex, führt das Glas zu den Lippen, ohne daraus zu trinken, und betrachtet das Gesicht der Frau mit den feinen Wangenknochen und der nordischen Nase. »Wann hast du ihn zum letzten Mal gesehen?«

Er sieht sie lächeln und einen Schluck von dem rötlichen Getränk nehmen, dessen süßes Aroma den ganzen Salon erfüllt.

»Ist dir aufgefallen, dass diese Frage immer in den Kriminalromanen gestellt wird?« lautet ihre Antwort.

Alex lächelt ebenfalls und studiert nun ihre feuchten Lippen, deren Rot von einer feinen schwarzen Linie umrandet ist, ein modisches Detail im Make-up der letzten Monate. Er hat keine Fragen mehr. Die junge Frau mag insgeheim in kleine, schmutzige Geschichten verwickelt sein, aber diese Ungezwungenheit signalisiert ihm, dass sie sehr wahrscheinlich mit dem Tod ihres Mannes nichts zu tun hat. Es ist keine Kaltblütigkeit, was er sieht, sondern Natürlichkeit. Trotzdem beschließt er, sie unter Druck zu setzen.

»Stimmt, aber das hier ist kein Krimi«, sagt er. »Dein kleiner Spanier hat ziemlich hässlich ausgesehen mit seinem aufgeplatzten Bauch und den vielen Maden.«

Lisa hält im Trinken inne, wie vom Blitz getroffen, stellt das Glas hart auf den Tisch, packt die Katze und setzt sie sich auf den Schoß. Das Tier schnurrt und reibt sich an ihren Brüsten und ihrem Bauch, während sie beginnt, es hinter den Ohren zu kraulen. »Jetzt versucht sie wieder, Haltung zu bewahren«, denkt Alex.

»Er hat von hier aus angerufen, etwa eine oder zwei Stunden nach seiner Ankunft, das weiß ich nicht mehr genau, und bestätigt, dass er zu dieser Arbeitssitzung kommen wird.«

Das habe er immer getan. Ein eingespieltes Ritual, an das sie sich gewöhnt hatte. Sie musste sich dann schön machen, denn am Abend kam er wieder und führte sie in ein teures Restaurant zum Essen aus. »Er liebt ausgefallene Gerichte«, sagt sie. Später kam dann das Unangenehme, »du kennst das ja: eine Hand wäscht die andere, wie man so sagt.« Mit dem fremden Mann schlafen war stets eine bittere Pille, die sie verschmerzte, indem sie, während sie die Beine breit machte, ihre Gedanken auf all das richtete, was in ihrem Leben besser geworden war, seit sie ihn im Meliá Cohíba gekapert hatte; sie war eine unter vielen gewesen, die dort auf Männerfang gingen, hatte allein gearbeitet und mit ihren auf der Universität der Straße erlernten Vermeidungsstrategien versucht, der Ausbeutung durch Zuhälter zu entgehen, der Verfolgung durch Polizisten und auch den Nachstellungen gewisser mieser Hotelmanager, die Schutz und Straflosigkeit anboten, wenn sie im Gegenzug dafür handverlesene, steinreiche Kunden bediente, wie es andere Mädchen auch taten.

»Auch wenn es für dich wieder wie eine Frage aus dem Krimi klingt: Ist dieses Mal irgendetwas Ungewöhnliches passiert, etwas Verdächtiges?«

Sie verneint sofort, schüttelt schnell den Kopf und studiert die Miene des alten Spürhundes, die Alex aufgesetzt hat.

»Mit Francis war alles ungewöhnlich«, erklärt sie. »Und dieses Mal war es nicht anders.«

Es habe sie gestört, und das habe sie dem Spanier auch gesagt, dass sich in ihrem Haus während der Zeit seiner Kubaaufenthalte so ein Abschaum versammelte, der dem ganzen Viertel ein Ärgernis war. »Die Gegend hier wimmelt von feinen Leuten, von der High Society, wenigstens glauben sie das selbst, und das sind die Schlimmsten: sie fühlen sich von jeder Kleinigkeit gestört.«

Selbst der Polizeichef des Sektors, ein Teniente, den alle unter dem Namen Leche Cortada, »geronnene Milch« kannten, habe ihn eines Abends besucht. Francis habe ihn in dem

Raum im Erdgeschoss empfangen, der ihm als Bibliothek und Büro diente, »obwohl ich ihn meistens nutze, um in aller Ruhe Musik zu hören, denn die Bücher und ich, wir haben keine Verträge miteinander«, erklärte Lisa. Sie hätten sich einige Zeit unterhalten und seien dann auf die hintere Terrasse hinausgegangen, »die man von der Straße aus nicht einsehen kann und wo es immer Schatten gibt«, um einen guten Rum zu trinken und sich zu unterhalten, als wären sie schon ein Leben lang befreundet

»Ich brauche keine Beweise, um zu wissen, dass er den Polizeichef des Sektors gekauft hat«, sagt er.

Das einzig Merkwürdige seien diese Besuche von Stadtstreichern und üblen Kerlen aus der Unterwelt Havannas gewesen, aber es sei immer alltäglicher geworden, mehr noch, es habe wie die anderen Details zum Ritual von Francis' Havanna-Besuchen gehört. Sie seien gekommen, um ihm Kunstwerke vorzulegen, die er gekauft und »dort draußen für ein paar Millionen weiterverkauft« habe; sie seien ihn um Ersatzteile für Motorräder und Autos angegangen, »die er billig in der zollfreien Zone gekauft und dann hier um mehr als das Doppelte losgeschlagen« habe, und sie will sogar ein paar ziemlich bekannte »Parteibonzen« gesehen haben, »Manager von Firmen, mit denen er Geschäfte gemacht hat, du weißt schon, Leute, die bei allen möglichen schmutzigen Geschäften ihre Würde vergessen... sogar mir war das zuwider«. Alles war möglich im Weinberg des Herrn.

»Und hat er das alles alleine gemacht?«

Sie verneint wieder, mit dem gleichen Tick, den Kopf sanft, langsam zu schütteln, mit einer leichten Neigung zur linken Schulter. Alex beobachtet, wie ihr Haar in vollkommenen, rhythmischen Wellen schwingt, mit diesem Glanz, den er nur von Frauen aus der Werbung für exklusive Shampoos kennt. »Sie ist vollkommen«, denkt er und starrt in Ekstase auf ihre Schenkel, wobei er so tut, als gelte sein Interesse der genießerischen Ruhe der Angorakatze.

Wenn man bedenkt, dass uns Frauen wie diese durch die Lappen gehen, weil wir nicht die Chance haben, Geld aufzutreiben und ein gutes Geschäft aufzuziehen... Scheißland.

»Ich hab dich nicht verstanden«, hakt er nach.

»Natürlich nicht«, antwortet sie und grinst boshaft. »Du hattest ja nur Augen für meine Schenkel!«

Diese Dreistigkeit kühlt ihn ab. Die Zügel, Alex, die Zügel, denkt er, bei einem Ausrutscher erwischt, der ihn Punkte kosten kann.

»Ich hab dich nicht verstanden«, wiederholt er und setzt die harte Miene auf, die er im Lauf der Jahre in dieser kleinen schmutzigen Welt zu zeigen gelernt hat.

Ramiro habe ihm immer geholfen, ein junger Kerl, »vielleicht dreißig und etwas, so ungefähr«, der für ihn als Fahrer arbeitete.

»Ramirito kennt sich mit allem aus«, fährt sie fort. »Du weißt schon, was man auf der Straße lernt, Geschäfte mit Gaunern, die Tricks bei schmutzigen Geschäften... Er ist ein Fuchs in diesen Sachen.«

Im Lauf der Zeit sei er Francis' rechte Hand geworden, eine Art erfahrener Berater, der ihm die sichersten Wege im Geschäft mit den Leuten vom schwarzen Markt gezeigt habe. Er habe gut verdient, dieser Ramiro.

In den letzten beiden Jahren seien bei Geschäften, bei denen auch für Ramiro stets eine hübsche Summe abgefallen sei, öfter mal anderthalb Millionen Dollars oder auch mehr bar über Francis' Schreibtisch gegangen, »also kannst du dir vorstellen, was sich da in Form von Schecks bewegt hat, bei den wichtigeren Kunden macht man das so...«

»Und kannst du diesen Ramiro irgendwie kontaktieren?« fällt ihr Alex ins Wort; er will ihr nicht sagen, dass es sich bei ihm wohl um den zweiten Toten handelt: aufgrund der Kennzeichen, die sie ihm genannt hat, könnte es gut dieselbe Person sein.

»Ja«, antwortet sie, »ganz einfach. Er wohnt bei seiner Mutter in einem Wohnhaus gegenüber dem Schriftstellerverband. Im Eckgebäude. Die Mutter heißt Teresa. Ich hab schon ein paar mal mit ihr gesprochen und ihr Sachen für ihren Sohn ausgerichtet. Sag ihr, du kommst von mir, ok? Sie weiß, was Ramiro für Geschäfte macht, und hat die Hosen voll vor lauter Angst.«

Alle Geschichten, die ich dir erzähle, Väterchen, sind ein Fliegenschiss, ein Nichts gegen das, was hier in dieser Stadt los ist. Auch wenn man selbst bis zum Arsch in diesen Sachen drinsteckt, fällt man glatt von der Stange, wie die Hühner, wenn sie frieren, von den vielen Geschichten, die man in den letzten Jahren hört, seit das mit den Drogen so zugenommen hat. Nur ein Beispiel: Erst gestern haben sie in der Gegend von Colón vier LKW voller Dealer festgenommen. Sogar in El Vedado, wo alle denken, sowas gibt's dort nicht, sollen ja mehr Leute süchtig sein, als in die Knäste passen. Da fragt man sich doch: Warum steht das in keiner Zeitung? Warum kommt das nicht im Fernsehen? Sie bringen einen bescheuerten Spot mit einer Frau, die in ihrer Wohnung alles hat, was man sich wünschen kann, und dann verschwinden die ganzen Geräte eins nach dem anderen und sie liegt in der Ecke, das Zimmer ist leer, und dann kommt so ein blödes Schriftband: »Ruinier dir nicht das Leben mit Drogen!« Mehr nicht. Weißt du, was mir Kopfzerbrechen macht? Dass mir ausgerechnet gestern vor der Razzia Fabricio, der Polizist aus dem Block, wo deine Schwester ihr Haus hat, er wohnt in dem großen solar, *das* sie »La Corea« nennen, also dass dieser Fabricio mir erzählt, auf der Wache hätte man sie zusammengetrommelt und ihnen erklärt, dass das Problem mit diesem Einsatz eliminiert würde; danach bräuchten sie die Sache nur noch zu beobachten. Also dasselbe wie mit den jineteras: sie haben die Nutten eingesammelt, auf Bauernhöfe verfrachtet und dann die Parole ausgegeben, mit der Prostitution sei es vorbei. Aber wie sieht's in Wirklichkeit aus? Es ist schlimmer geworden als vorher, Väterchen. Die kleinen Nutten passen bloß besser auf. Wenn das stimmt, was die Regierung sagt, dass es früher zwölftausend Prostituierte in Kuba gab, dann sind diese Zwölftausend heute gerade mal die, die hier in Havanna den reichen Ausländern den Arsch hinhalten, und jetzt stell dir mal vor, wie viele Nutten es dann im ganzen Land gibt!

Genauso ist es mit den Drogen: die greifen nur die Dealer ab, den sichtbaren Teil vom Geschäft. Aber schau mal uns an! Uns Mudos haben sie kein Härchen gekrümmt. Und so viel ich weiß, verkaufe ich nicht gerade Blumen oder Bonbons. Bei uns kriegst du das beste Marihuana von ganz Havanna, nicht umsonst haben wir eine gut betuchte und zahlungskräftige Kundschaft. Klar, wenn wir keinen guten Stoff hätten, würden wir auch nichts verkaufen. So einfach ist das. Das hat Gino, der Chef, hundertprozentig in seinem Kraushaarschädel drin: wenn wir einen Dreck verkaufen, schicken uns die Kunden in die gleiche Wüste wie die ganzen Dealer, die Marihuanazigaretten aus Heu und ein paar Krümeln Tabak zusammenbasteln. In unserer Welt, im Staub der Straße, gibt's einfach alles, Väterchen. Und wir sind nicht allein: da gibt es die »Compadres«, ein paar Apotheker, die sich ausdenken, wie man sogar aus den Fürzen, die einer lässt, noch Drogen machen kann; dann die »Nachtigallen«, ein paar kleine Schwuchteln, die in ei-

ner miesen Show im Teatro América singen und die Drogen kaufen, die die Musiker von ihren Auslandstourneen mitbringen; die »Monchos«, drei blöde Neger, die sich in jede miese Bar in Alt-Havanna einschleichen und sich so nennen, weil sie Fans von diesen grässlichen Boleros sind, von Moncho, dem Zigeunersänger. Und dann die Bande von »Mano 'e Mono«, »Affenpfote«, das sind echte Abfallverkäufer, der schlimmste Abschaum: »Willst du in die Grube zu den Würmern und Co., kauf deinen Stoff bei Mano 'e Mono!«

Und das ist nur die Szene von hier, in deinem Kiez. In El Vedado hört man viel von einem Leone, der den Stoff aus dem Ausland reinbringt, direkt über den Flughafen, und der Kontakte so weit nach oben hat, wie man sich gar nicht vorstellen kann. In Santa Fé ist ein Don Cundo der starke Mann, der den Stoff in Miami kauft, und die Yankees bringen ihn in ihren Yachten bis nach Marina Hemingway, wo diese Wettkämpfe im Hornhechtangeln stattfinden.

Erinnerst du dich noch an die grässliche Geschichte damals im Wohnhaus von deiner Schwester, diese Sache mit den drei Nutten, die mit durchgeschnittener Kehle gefunden wurden? Es war eine Abrechnung wegen Rauschgift. Fabricio, der Polizist, von dem ich dir erzählt hab, hat mir bestätigt, dass sie einem Typ ein Paket mit einem halben Pfund Koks geklaut hatten, einem Italiener, der alle sechs Monate hierher kam, um das Pulver zu bringen. Der Typ kam mit einem Kreuzfahrtdampfer, so einem, wie sie drüben an der Lonja del Comercio ankern, in Alt-Havanna. Er hat die Pakete dort in der Gegend verkauft. Du kannst dir vorstellen: es gab totalen Ärger wegen dem Diebstahl. Er hat einem Killer tausend grüne Scheinchen bezahlt, damit er den Mädchen den Kopf abreißt, und der Kerl hat die

Abmachung wörtlich genommen: er hat sie aus dieser grausamen Welt hinausbefördert. Was sagst du dazu?

Es gibt eine ganze Menge solcher Fälle, nicht mit so vielen Toten, natürlich, aber es gibt sie. Wir wissen doch, wie es läuft in diesem Land: bevor die Regierung in der »Granma«, im Blatt von den Kommunisten, eine Titelgeschichte rausbringt, in der es um die Rauschgiftszene geht, muss das Kokspulver schon drei Finger hoch in den Fluren vom Staatsrat liegen.

Weißt du, was das Gute ist? Dass bei dieser Razzia die Dummköpfe einkassiert werden, diese Schweine, die jede Scheiße verkaufen, nur damit sie ein paar lumpige Pesos kriegen. Sie haben weniger Hirn als eine Amöbe. Wir nicht. Gino hat angeordnet: »Los, Jungs, macht ein paar Wochen Urlaub!«. So eine Razzia bringt alle möglichen Vorteile mit sich: stell dir vor, nebenbei schalten sie noch ein paar Leute aus, also, sie nutzen die Chance und schicken sie gleich mit in den Bau, nämlich einen Haufen Typen von denen, die es mit den Menschenrechten haben, und solche, die gegen die Regierung sind. Sie verhaften sie nicht wegen dem, was sie über die Politik sagen: man versteckt ein Beutelchen Stoff in ihrer Wohnung, ein Paket Rindfleisch, von dem jeder weiß, dass er das nicht kaufen darf, oder einen Computer, der aus einer Staatsfirma geklaut ist, und zack zack, ab in den Knast. Zwei Vögelchen mit einem Schuss: sie bekämpfen die Drogenszene und schaffen die Dummköpfe von der Opposition aus dem Weg.

Was am klügsten ist? Gras über die Sache wachsen lassen, Väterchen; wir wissen doch, wie es in diesem Land immer läuft: sie packen eine Sache mit Feuereifer an, schießen mit ihren Kanonen auf jeden Spatzen, der sich zeigt, buchten den lieben Gott und alle seine Engelchen ein und die elftausend Jungfrauen noch dazu, machen einen kolossalen

Wind, dass die halbe Menschheit davon erfährt, und einen Monat später beherrschen die gleichen Bullen, die alles verhaftet haben, die Drogenszene in ihrem Viertel. Wer's nicht glaubt, der bedenke: Wer sind heute die größten Zuhälter? Die Polizisten. Gras drüber wachsen lassen, Väterchen, du wirst mir Recht geben. Diese Säuberungswelle überleben die Schlauen, diejenigen, die ihre grauen Zellen einsetzen.

Was glaubst du, warum es für mich so schwierig war, in die Bande der »Stummen« reinzukommen? Ganz einfach, Väterchen: Gino ist ein Genie und weiß über alles Bescheid. Und was das Beste ist: er ist immer auf dem Laufenden, damit sie ihm nicht eines Tages den Arsch aufreißen und ihn in den Knast stecken. Ich hab zu ihm gesagt, dass es mich wütend macht, aber heute seh ich ein, dass es sein musste. Gerade als ich das Geld am nötigsten gebraucht hätte, hat mich Gino auf Herz und Nieren geprüft und seine Freunde in meinem Viertel auf mich angesetzt... ja, er hat mich sogar über einen Monat lang beschatten lassen, um rauszukriegen, was zum Teufel ich für Geschäfte laufen hatte. Nicht mal dem toten Víctor hat er vertraut, der doch seine rechte Hand war. Aber ich hatte keine Geschäfte laufen. Ich wollte nur was verdienen, und heute versteh ich ihn. Wenn er anders rangeht, schleichen sich welche bei uns ein und liefern uns ans Messer. Die ganzen armen Teufel, die den Bullen bei diesen Razzien wie die Fliegen ins Netz gehen, haben das nur diesen Spitzeln zu verdanken, den Informanten, wie die Polizei die Missgeburten nennt. Sie tun so, als wären sie Gauner, spielen den hartgesottenen Macker, und dann gehen sie und tratschen alles weiter wie die alten Nutten, damit sie uns alle in den Knast stecken. Deshalb ist das mit den Banden das Beste. Vor allem, wenn ein Typ wie Gino das Sagen hat. Hab ich dir das schon erklärt, warum sie uns die »Stummen« nennen?

Es ist genial, eine geniale Idee, Väterchen. Eine Tarnung hoch Drei. Und stell dir vor, ich weiß nicht wie, ich hab's dir glaub ich schon mal erzählt: wir haben alle einen Ausweis, legal und alles, in dem steht, dass wir taubstumm sind. Mit mir sind wir zu zwölft, und wir arbeiten ziemlich weit weg von dem Viertel, wo wir wohnen, damit uns keiner auf die Schliche kommt. Wir sind unter die Kunsthandwerker und Klamottenhändler gegangen und haben unsere eigenen Stände mit Plastikscheiße, Phantasieschmuck und dem potthässlichen Mist aus dem »heimischen Handwerk«. Wir zahlen sogar Geld für die Verkaufslizenz. Gino hat uns die Gebärdensprache lernen lassen, damit wir uns auch mit richtigen Taubstummen unterhalten können. Aber nicht, wenn wir uns untereinander was sagen wollen: dafür hat er sich andere Zeichen ausgedacht. Damit es nicht passiert, dass sie uns wegen einem Fehler in flagranti erwischen.

Deswegen weiß ich auch, dass das nicht so einfach rauszukriegen ist, was du wissen willst. Aber ich probier's, Väterchen. Für dich tu ich doch alles! Natürlich musst du bedenken, jede Gruppe hat ihre eigenen Gesetze, misstraut allen anderen, sichert sich nach allen Seiten ab. Und heutzutage umso mehr. Wo vielleicht schon die Laternenpfähle Ohren haben. Ich kenne eine Menge Leute, die wissen, dass ich einer bin, der seine Zunge im Zaum hält, und vielleicht komme ich über die an diese Informationen ran. Eins kannst du mir glauben: diesem Spanier komm ich auf die Spur, sonst will ich nicht mehr Rocco heißen. Lass mir Zeit, Väterchen! Du wirst es nicht bereuen, dass du zum dicken schwarzen Mann gekommen bist!

DREI

»Dieser Name ist verflucht, Señor, verflucht! Und jeden Tag, wenn ich die Augen aufschlage, verfluche ich ihn und bete darum, dass unser Land von dieser Plage befreit wird.«

So sagte sie es. Ihre Augen sind traurig, und ihr Haar ist so weiß, dass es wie Schnee aussieht. Sehr sauber, ihr Haar. Ganz anders als bei den alten Frauen, die auf der Straße leben und in Parks und Toreinfahrten schlafen oder in verfallenen Löchern hausen, die nicht einmal von Weitem an ihren früheren Glanz erinnern. Als hätten sie sich den ganzen Schmodder der Stadt auf den Kopf, in die weißen Haare geschmiert. Diese Frau hier hat verkrümmte Hände, wie eine Hexe, die Nägel sehr gepflegt, aber die Finger runzlig und mit knotigen Gelenken, fortgeschrittene Arthritis. Sie hat ihn auf einer *comadrita* schaukelnd empfangen. Alex ist erstaunt über die tadellose Beweglichkeit des Schaukelstuhls, vor allem, als ihm klar wird, dass das letzte Mal, als er diese Art Möbel in intaktem Zustand gesehen hat, in den glamourösen fünfziger Jahren war, im Haus von Gloria, einer der kubanischen Geliebten von Lucky Luciano. Genau wie damals gab diese *comadrita* im Rhythmus des Schaukelns ein leises Zischen von sich, als sei eine Schlange im Zimmer versteckt.

Die geräumige Wohnung hat hohe Decken und bekommt ihr Licht durch mehrere Glasfenster auf zwei Seiten, eine ideale Aussichtsterrasse auf das historische Gebäude, in dem der Schriftstellerverband seinen Sitz hat. Von seinem Sessel aus hat Alex das Eingangsportal im Blick, wo sich soeben mehrere Schauspieler unterhalten, die, wie er meint, durch eine kubanische Telenovela über die Welt der Models und Modehäuser bekannt wurden. Er lehnt es ab, sie sich jeden Abend anzusehen. Er erträgt es nicht, das hohle Gewäsch der Mädchen (es sind wirkliche Schönheiten, aber dumm und oberflächlich bis zum Abwinken) - wer wieder wen mit wem betrogen habe oder dass eine sehr nette alte Dame früher Nutte gewesen sei: belangloser Mist, ohne jede Bedeutung für ein Land voller Traumata und Konflikte. Keinem fällt auf, wie verlogen es ist, dass sie alle in guten Wohnungen leben und einen hohen Lebensstandard genießen, obwohl sie »in einer Gesellschaft leben, die keine sozialen Klassen kennt«, und vergessen wird, dass nur ein verschwindend kleiner Prozentsatz von Kubanern so lebt - aber, wie seine Schwester einmal sagte, die sich keine der Folgen entgehen lässt, »es ist eine der Lügen, die sie dort im Ausland verkaufen, um den Dummköpfen weiszumachen, wir hätten hier keine anderen Probleme als die Hörner, die die Paare einander aufsetzen... Ach ja, und den Machismo.« Er sieht zu, wie sie sich unterhalten, und dabei fällt ihm auf, dass der Mann seine Worte mit denselben Gesten begleitet wie die Figur, die er in der Telenovela verkörpert. Der alten Frau ist nicht entgangen, was er beobachtet.

»Ich sehe sie ständig«, sagt sie. »Genau, wie Sie ihn jetzt vor sich sehen, habe ich auch mal gesehen, wie er sich mit den anderen gestritten hat, sie saßen dort unten auf der Treppe vor dem Gebäude und haben auf das Auto gewartet, das sie zum Drehort bringen sollte.«

Der Schauspieler habe bestimmte Teile des Drehbuchs verändern wollen, um es komplexer, wirklichkeitsnäher zu machen. Er war nicht damit einverstanden, dass die Realität in der Telenovela so verfälscht wurde, »und noch viel weniger, dass man die Konflikte seiner Figur völlig unter den Tisch gekehrt hat, ihn sozusagen als dummen August darstellte, einen sabbernden Alten, der in das dümmste der Models verliebt ist.«

Er hätte sich in der nächtlichen Welt der Modehäuser umgesehen, sagte er, um die Figur gut zu spielen, dort herrsche Korruption auf allen Ebenen, und zwar ziemlich heftig. Er schrie sogar ganz wütend, dass das wohl jeder Blinde sehen könnte, und wenn alle diese Sachen im ursprünglichen Drehbuch drin gestanden hätten, warum zum Teufel man dann nicht mache, was der Drehbuchautor geschrieben habe, erzählt die Frau und fordert ihn mit einer Handbewegung auf, den Kaffee zu trinken, den ein Mädchen auf einem kleinen Porzellantablett gebracht und neben ihn hingestellt hat.

Alex schaut sie an. Sie trägt Jeans, die in Höhe der Hinterbacken abgeschnitten sind, und eine kleine, nabelfreie Bluse. Der Nabel ist ebenfalls klein und so erregend, dass er den Blick abwendet und auf das Tablett schaut, um sich nicht als geiler Alter zu versündigen. Ihre Haut ist sehr hell, faltenlos, der Bauch ohne ein Gramm Fett, wie bei einer Tänzerin.

»Das ist meine Nichte«, erklärt die Alte und nimmt eine Hand des Mädchens, das lächelt und ihn mit einer graziösen, kindlichen Neigung des Kopfes begrüßt. »Wie man bei uns sagt, der letzte Schuss meines jüngeren Bruders. Haben Sie gesehen, wie hübsch meine Fünfzehnjährige ist? Sie besucht die Ballettschule.«

Alex schwelgt in seiner eigenen Freude: es tut gut zu wissen, dass er noch eine Nase für diese Dinge hat, und es erfüllt ihn mit einer gewissen Hochstimmung, dass er vom Körperbau des Mädchens auf eine ihrer Beschäftigungen geschlossen hat; er vermutet allerdings, dass sie auch noch zur Universität geht. Glücklicherweise hat das Ballett viel Zukunft in diesem Land, unter welcher Regierung auch immer, dank Alicia Alonso, die die geniale Idee hatte, einen eigenen kubanischen Stil zu kreieren: sie reisen viel, verdienen gutes Geld, und ihre Kunst hat nicht direkt mit der Welt der Ideen zu tun - das entbindet sie von der Teilnahme an dem intellektuellen Krieg, der andere Künstler, vor allem Schriftsteller und Maler beschäftigt, denn ihr Arbeitsmaterial sind genau die Ideen, wie ihm Justo Marqués erzählt hat: »Wenn ein Tänzer tanzt, bewegt er den Körper; wenn ein Musiker spielt, verbreitet er Klang; aber wenn ein Schriftsteller schreibt und ein Maler malt, gestalten sie Ideen, und das ist immer gefährlich für diejenigen, die wissen, dass wir diese Fähigkeit, diese Freiheit besitzen: die einzige Freiheit, die uns keiner nehmen kann, Väterchen.«

In einem niedrigen Bücherschrank mit Glastüren, der hinter der Frau steht, sieht er eine Sammlung von Fotos ausgestellt, sicherlich die Familie. Kleine Bilder, einige vergrößert, andere gleichen Meeresmuscheln; ein paar sind sehr groß. Die alte Frau ahnt nicht, dass Alex ein flüchtiger Blick auf diese Bilder genügt, um einen alten Ausspruch seines Großvaters Inocencio aus den verstaubtesten Winkeln seiner Erinnerung zurückzuholen: »Wenn du das Bild von einem Menschen in ein Foto einsperrst und in eine Ecke stellst, an einer hoch gelegenen Stelle der Wohnung, kannst du sicher sein, dass diese Person bald sterben wird. Es ist wie eine Verhexung.« Inocencio bestand unter allen Umständen darauf, dass Fotos von Lebenden auf niedrigen Möbeln zu stehen hätten, wie Nachtschränkchen oder Couchtische, aber niemals auf Borden und schon gar nicht in Ecken. Das war wohl richtig, denn die Gesichter, die auf diesen Fotos am häufigsten zu sehen sind, gehören zwei Toten: der jungen Frau und Ramiro, bei dem er erst jetzt, als er sie zusammen betrachten kann, in Ruhe und in allen Einzelheiten, eine große Ähnlichkeit mit dem Fahrer des Spaniers entdeckt.

»Ganz der Vater«, sagt die alte Frau, als sie ihn mit so viel Aufmerksamkeit eines der Bilder ihres Sohnes betrachten sieht.

Er habe auch Medizin studiert. Ihr Mann sei ein großer Arzt gewesen, »ein Professor, wie man früher sagte, als ein Arzt noch etwas galt, anders als heute, wo es von Quacksalbern nur so wimmelt.« Ihr Sohn Ramiro habe die gleiche Ausbildung gemacht, »mit Prädikatsexamen«, fügt sie hinzu, wie Glühwürmchen blitzt in der Tiefe ihrer Augen der Stolz auf und erhellt den Nebel der Iris. Er sei Facharzt für Onkologie geworden.

»Sein Vater ist an Krebs gestorben«, murmelt die Frau und senkt den Kopf, verfällt wieder in die traurige Haltung, in der Alex sie bei seiner Ankunft vorgefunden hat. »Er ist verschrumpelt wie eine Rosine.«

Ramiro habe damals das Abitur gemacht, und nach dem schmerzvollen Sterben seines Vaters beschlossen, Medizin zu studieren. Er habe im Onkologischen Krankenhaus in Havanna gearbeitet, bis die *período especial* und das Tourismusgeschäft begannen.

»Eines Abends kam er nach einem ganzen Tag Bereitschaftsdienst sehr schweigsam vom Krankenhaus zurück, setzte sich hin, und ich sah, dass seine Augen feucht waren, als würde er gleich weinen. Dann ging er wortlos auf sein Zimmer, ohne mir wie immer Gute Nacht zu sagen und einen Kuss zu geben... Am nächsten Morgen sagte er, er werde das Medizinstudium abbrechen.

Er wollte mit dem Auto seines Vaters Geld verdienen. Bis zu diesem Moment hätten sie sich mit dem Essen begnügen müssen, das er im Krankenhaus bei einer schwarzen Köchin kaufen konnte, die Portion für 5 Pesos. Auf der Straße war nichts zu kriegen, und was man auf Marken bekam, reichte kaum für eine Woche, und den Rest des Monats mussten sie sich einiges einfallen lassen, um etwas auf den Tisch zu bringen, genau wie alle anderen Kubaner. Ramiro wusste, dass die Köchin den Kranken weniger zu essen gab, damit sie den Überschuss weiterverkaufen konnte, und er fühlte sich deshalb wie ein Schuft. »Es gibt nur eins: entweder sie oder wir, Mütterchen, und du wirst mir nicht verhungern, bloß weil dieser Dreckskerl nicht wahrhaben will, dass in Kuba alles den Bach runtergeht.« Damit meinte er Fidel. Er sagte, sogar der Mythos vom kubanischen Gesundheitswesen sei eine riesige Seifenblase, eine Lüge, die immer weniger geglaubt werde, und die Korruption in den Krankenhäusern sei so groß, dass sie jetzt schon gezwungen seien, die Schichten im OP, die Medikamente und selbst die Betten an Leute zu verkaufen, die besser bezahlten oder eine Empfehlung von einem Freund oder einem anderen Arzt besaßen, nach dem uralten Gesetz von der einen Hand, die eine andere wäscht. Inzwischen werde draußen die Warteliste der Kranken immer länger, die nur im Krankenhaus vorhandene Medikamente kaufen oder eingewiesen und operiert werden wollten.

»Er hat es einen Tag lang ausprobiert«, erzählt sie weiter mit ihrer ruhigen, neutralen, immer traurigen Stimme, und Alex sieht, wie sie durch die Scheiben auf die Schauspielertruppe starrt, die jetzt in einen kleinen Lieferwagen einsteigt. »An einem einzigen Vormittag, in drei Stunden, machte er fünf Fahrten und verdiente 200 Pesos. Die Hälfte von seinem Monatslohn.«

Danach sei er auf die Idee gekommen, das Auto an Touristen zu vermieten. Es sei riskant, das wisse sie und habe sich deshalb heftig mit ihm gestritten, denn »selbst wenn das Auto dir gehört und du die Steuer für den Transport von Kubanern bezahlt hast, darfst du es noch lange nicht an Ausländer vermieten, die die Fahrten besser bezahlen.« Aber alles, was Alex in dieser Wohnung sehen könne, inklusive der Glasfenster, habe sie von dem Geld gekauft, das Ramiro als Fahrer für einen Spanier verdiene, der einmal im Monat nach Kuba komme.

»Wir lebten wie die Schweine, bis er beschlossen hat, diese neue Arbeit zu machen. Die Arbeit als Arzt reichte für das Essen und die Alltagsprobleme, aber nicht für ein Leben, wie es jemandem zusteht, der sich so aufopfert, um das Leben anderer Menschen zu retten.«

Ein Reisebus rangiert vor dem Gebäude, um einzuparken, und ihre Stimme verstummt, bis der unangenehme Lärm aufhört, bei dem sie sich selbst nicht mehr hören kann. Sie muss diese schmerzliche Litanei hören. Eine Art Exorzismus. Alex kennt das. Als er ihr beim Sprechen in die Augen sieht, wird ihm klar, dass die alte Frau eine Katharsis erlebt. Es ist lebenswichtig für sie, diese Klagen bei jemandem loszulassen, der ihr aufmerksam zuhört, und das tut er, denn er weiß aus Erfahrung, dass in Momenten wie diesem die besten Geständnisse und die entscheidendsten Enthüllungen gemacht werden. Daher unterbricht er sie nicht und beobachtet, wie sie die Ausländer anstarrt, die dem Reisebus entsteigen, die Straße überqueren und dem ICAP zustreben - dem Kubanischen Institut der Völkerfreundschaft. Alex erinnert sich, dass sein Direktor einmal Hauptdarsteller des besten kubanischen Films aller Zeiten war, *Erinnerungen an die Unterentwicklung*, während er heute nichts mehr von seinen damaligen schauspielerischen Qualitäten besaß. Sergio Corrieri, denkt er, ist ein Stück vergessener Geschichte, ein Künstler mehr, den wir verloren haben, weil er in die Politik gegangen ist.

»Alles Märchen«, sagt die Frau, als ahnte sie jedes nicht politisch korrekte und oberflächliche Wort, das in seinem alten schwarzen Gehirn aufflackert. Das Mädchen hat sich auf einen Stuhl am Tisch gesetzt und hört ihr aufmerksam zu, wie entrückt, oder wohl eher resigniert, weil sie das alles schon so oft gehört hat.

»Unser Land ist ein Märchenland, wissen Sie?«, hört er die Alte sagen und schaut ihr in die Augen. Ja, die Schwermut frisst sie von innen auf, denkt er. »Diese armen Teufel verstehen nicht, dass sie mit ihren Besuchen unser Land ruinieren. Es ist wunderschön, hier herzukommen, in guten Hotels abzusteigen, gut zu essen, zu sagen: »Haltet aus, Kubaner, in euren Händen liegt die Zukunft der Welt!« und dann zu einem Leben voller Luxus und ohne Not zurückzukehren.

Sie schwitzt Hass aus. Alex glaubt nicht an den Hass. Es hat Jahre gedauert, bis er zu der Erkenntnis gelangte, dass sich mit Hass nichts lösen lässt, dass eben der Umstand die Kubaner ruiniert hat, dass sie den Hass so sehr lieben, und dass sich jede Regierung zu allen Zeiten dieser Waffe bedient hat, um die Menschen gegeneinander auszuspielen und den Knüppel der Macht festzuhalten. Aber heute ist es anders. Er weiß, dass die Schwermut in den Augen der Frau die Quelle ihres Hasses ist, versteht aber nicht, wo der Ursprung liegt, welche Gründe dazu geführt haben, dass sie die ganze Welt als verloren betrachtet und nicht einmal ein kleines Licht am Ende des Tunnels sieht.

»Man muss lernen, nicht so sehr zu hassen, Señora«, sagt er, ohne sich die Worte rechtzeitig verbeißen zu können.

»Es ist sehr einfach, das zu sagen«, entgegnet sie und für Alex sind ihre Worte ein Schlag ins Gesicht. »Wie würden Sie an meiner Stelle reagieren, wenn Sie das mitmachen müssten, was ich mitgemacht habe?«

Nun erzählt sie, jedes Wort sorgfältig wählend, mit langen Pausen, sicherlich bemüht, Alex den Hass verständlich zu machen, der sich in ihren Runzeln staut. Ihr Vater war aus Spanien nach Kuba gekommen und hatte in einer Bodega als Verkäufer angefangen. Er schuftete wie ein Tier und wurde der Besitzer des Ladens. Nachdem er ihm gehörte, stellte er ihn in den Dienst der Armen, bis er praktisch wieder vor dem Nichts stand, so viel hatte er verliehen und angeschrieben. Er konspirierte mit Fidel, wurde als Kommunist denunziert, und sie kastrierten ihn auf einer Polizeiwache. Er musste in die Vereinigten Staaten fliehen, um nicht umgebracht zu werden. Mit der Revolution kehrte er zurück. Voller Begeisterung. Sagte, er fühle sich endlich frei.

»Das erste, was sie machten, war, sein Geschäft zu enteignen.« Ihre Stimme wurde etwas heiser, bitter, zischelnd. »Würden Sie diesen Schwachsinn lieben, wenn Sie mitansehen müssten, wie Ihr eigener Vater vor Schwermut krepiert, sich selbst mit seiner Wut vergiftet, ohne ein einziges Wort der Kritik zu äußern, aus lauter dummem Festhalten an den Träumen, für die er gekämpft hat?«

Auf das Gezischel ihres letzten Satzes folgt Stille. Eiskalt. Verklumpt. Und ihre Augen: voller Tränen und einmal mehr, voller Schwermut.

»Warum soll ich lieben, was mir Schaden zufügt?« Dabei zerdrückt sie mit dem Handrücken eine Träne, die aus ihrem rechten Auge rinnt. Sie atmet tief ein und ihre Brust hebt sich, wie um die Haltung wiederzufinden, die sie bei diesem Ausbruch verloren hat.

Ihr Mann musste sein Medizinstudium selbst finanzieren:

»Er arbeitete nachts im Hafen als Stauer, bis zwei Uhr früh«, erzählt sie weiter. »Die arme Angélica, seine Mutter – sie ruhe in Frieden – lief sich die Hacken ab, um den Frauen Pantoffeln zu verkaufen, die sie selbst nähte, für dreißig Centavos;

seine jüngeren Brüder arbeiteten als Schuhputzer. Sie hatten alle den Traum, dass der Älteste es schaffen würde, Arzt zu werden und sie aus dem Elend herauszuholen.« Wie hätte er, Alex, reagiert, wenn er das Examen geschafft und endlich seine eigene kleine Praxis, »ein lumpiges Kabuff in einem lumpigen Viertel« besessen hätte, unter tausend Mühen erkämpft - und dann hätte man sie von heute auf morgen einfach geschlossen und ihn in ein elendes Krankenhaus aufs Land verbannt, zur Strafe, weil man ihn für einen Bourgeois hielt?

»Mein Marcial war anständig, sehr anständig, Señor, das müssen Sie mir glauben!« Er hört ihr zu, obwohl ihre Stimme sehr leise ist, als spräche sie mit sich selbst. Sie schrumpft in ihrem Sessel auch immer mehr zusammen, wie die Rosine, von der sie gesprochen hat, als sie vom Tod ihres Mannes erzählte. »Eines Abends saß er da, wo Sie jetzt sitzen, und sagte, er könne schon seit zwanzig Nächten nicht mehr ruhig schlafen. Wissen Sie, weshalb?«

Die doppelte Moral quälte ihn. Jeden Morgen eine Maske aufsetzen zu müssen, um auf anständige Weise das Brot für seine Familie zu verdienen.

»Dass einer sagt, was er denkt, und sich gegen die Meinung der Regierung stellt, war schon damals ein Verbrechen«, sagt sie. »Zum Glück ist Ramiro da anders. Er hält nichts von der doppelten Moral. Lieber lässt er alles sausen und verdient sich auf eine andere, saubere Weise seinen Lebensunterhalt.«

Ja, der Hass ist beinahe greifbar. Er hat genug gehört, um zu wissen, dass Ramiro den Weg der schmutzigen Geschäfte eingeschlagen hat, weil er ihn für sauberer hielt als den anderen, den die Gesellschaft ihm als den sauberen Weg verkaufen wollte. Wie weit mochte seine Seele durch diese Wahl Schaden genommen haben? Es gibt wohl keine Möglichkeit mehr, dies festzustellen. Also lenkt er das Gespräch lieber auf die Einzelheiten, die noch zu klären sind.

»Hat Ramiro immer hier bei Ihnen gewohnt?«

»Ja, immer«, antwortet sie. »Er war oft weg, und manchmal vergingen Wochen, ohne dass er kam, aber hier hat er sein Zimmer, und ich hab Ihnen ja gesagt, alles, was Sie in dieser Wohnung sehen, verdanke ich seiner Fürsorge.«

Zulema, ihre jüngere Tochter, »die auf dem Foto dort, in dem großen Rahmen, rechts«, sei das schwarze Schaf der Familie: Sie sei in der Sekundarstufe der Schule verwiesen worden, weil sie mit ihrer Clique in der Toilette Drogen nahm, und sie sei oft nachts zu Partys gegangen, wo sie sich auszogen »und alle zusammen Schweinereien machten, Teufelszeug, wissen Sie«. Eine Verlorene. Sie sei ihr Liebling gewesen, aber von Geburt an verloren. Später habe sie ihr ein Stipendium beschafft, damit sie Pharmazie studieren konnte. Auch dort sei sie rausgeflogen: Man habe herausgefunden, dass sie Medikamente entwendete und verkaufte, um an Geld zu kommen und sich bei Bauern, die Marihuana pflanzten, Drogen zu beschaffen.

»Jetzt ist sie eine *jinetera*«, sagt sie, und ihre Wangen röten sich. Die Nichte hat ebenfalls den Kopf gesenkt. »Sie wissen ja, das ist das feine Wort, das man hier gebraucht, wenn man von Huren spricht.«

Sie wohne in einem zweistöckigen Haus in der Calle Paseo, ein paar Blocks vom Hotel Meliá Cohíba entfernt, mit einer Gruppe anderer Prostituierter, die sich »*Faraonas*« nennen würden. Alle seien mit Ausländern verheiratet, ganz legal, würden aber weiterhin andere Touristen »bedienen«, wenn ihre Männer nicht in Kuba seien. Schon zwei Jahre habe sie die Tochter nicht gesehen. Seit jenem Nachmittag, an dem Ramiro sie betrunken und mit Drogen vollgepumpt nach Hause gebracht und für ein paar Tage in einem der hinteren Zimmer einquartiert habe, um sie mit Arznei und Serum zu behandeln. Mit Hilfe befreundeter Ärzte habe er sogar Blutkonserven beschaffen können, um sie zu entgiften und zu verhindern, dass sie an einer Überdosis starb.

»Deshalb verfluche ich den Gott der Kubaner jeden Morgen, wenn ich aufstehe«, sagt sie und blickt durch die Scheiben hinaus auf die großen Bäume der 17. Straße. Die Nichte schaut zu ihr auf, in ihren großen Augen liegt Schwermut und Mitleid, großes Mitleid. »Sein Name ist für mich verflucht, und ich weiß, es gibt Millionen, die ihn ebenfalls verfluchen...«

»Meinen Sie etwa, Gott sei an allem schuld?« fällt ihr Alex ins Wort.

»Ich spreche nicht von dem Gott, den Sie meinen, Señor«, entgegnet sie schnell. »Haben Sie nichts von dem verfluchten Namen Gottes gehört - von den Söhnen Satans, die die Stelle Gottes einnehmen wollen und doch nicht mehr tun können, als den heiligen Namen Gottes zu verfluchen?«

Alex antwortet nicht. Er teilt lieber die Stille, die die Frau über alle Dinge im Zimmer ausbreitet; eine Art Waffenstillstand; feucht und grau wie der Dunst, der hinter schnell fahrenden Autos von den Feldwegen aufsteigt; eine schmutzige, leere Stille.

»Einer der verfluchten Namen Gottes gehört dem falschen Gott der Kubaner, Señor«, sagt sie und schaut ihm in die Augen, mit einem Ingrimm, der plötzlich überhaupt nichts Schwermütiges mehr hat. »Die Schuld an allem trägt Fidel, glauben Sie nicht auch?«

Das könnte stimmen, Alex. Der Sohn des großen Häuptlings, das saubere Söhnchen vom Capo, vom Boss dieses Landes, ist auch korrupt, wenn man die Geschichten hört, die seine Schwester erzählt, diese Alina, die im Großen Mutterland Spanien lebt, und das, was in der Fernsehsendung aus Miami über das geheime Leben dieses Mannes behauptet wird. Aber es läuft wie immer bei solchen Sa-

chen, nach dem Motto: Schwamm drüber; mit einfacheren Worten gesagt: die Sache wird vertuscht, damit nichts passiert, und man wartet darauf, dass das Gerücht mit der Zeit einschläft. Typisch kubanisch, wie du immer sagst: den Kindern von den feinen Pinkeln in diesem Lande passiert nie was. Und die Kleine, die mit dem Video aus Kuba abgehauen ist, hat keinen Anstand im Leib, da kann einer sagen, was er will - selbst wenn es die reinste Wahrheit ist, die sie da an die große Glocke hängt. Es ist ganz toll, sich erst an den Sohn von Papi ranzuschmeißen und wie eine Königin zu leben und dann, wenn das süße Leben fade wird, abzuhauen und die ganze schmutzige Wäsche vor der Öffentlichkeit auszubreiten. Dabei ist das alles für die Katz: sie kann nicht eine beschissene Sache nennen, die den großen Führer zwingt, sein sauberes Söhnchen die Härte des Gesetzes spüren zu lassen. Du kannst sicher sein, wenn ich das alles gemacht hätte, also falsche Visa an verzweifelte Kubaner verkauft hätte, damit sie abhauen können, dann würd ich längst hinter Gittern sitzen und wäre weiß wie das Fleisch von einer Kokosnuss, weil sie mich in einer Einzelzelle ohne Licht verschimmeln lassen würden. Und dabei ist keiner schwärzer als ich!

Deshalb kann ich auch voll dazu stehen, dass ich in diesem Geschäft bin, Väterchen. Es ist eine Frage der Moral, wie die feinen Leute sagen: Wenn die dort oben das machen, warum soll ich selbst nicht das Gleiche tun? Es ist nicht zu glauben: keiner will davon gewusst haben, dass dieses Land bis zum Hals im Drogensumpf steckt – dabei braucht man bloß mal nachts um ein paar Häuserblocks zu gehen, und dann weiß man, du brauchst nur »Sesam, öffne dich!« zu sagen, schon stehen Ali Baba und die vierzig Räuber vor dir und bieten dir alles an, was du nur willst, besser als jeder Supermarkt! Hör mir doch auf!

Was dir die Alte gesagt hat, stimmt. Sperr die Ohren auf und hör dir das an: meinen Sohn, der dort an der Ecke Belascoaín und San Lázaro zur Schule geht, haben sie beim Dealen erwischt. Und das ist gut so! Wenn ich selber meinen Lebensunterhalt mit Gras und Pulver verdiene, heißt das noch lange nicht, dass mein Sohn in meine Fußstapfen treten muss. Hoffentlich hat er den Kürbis voll mit guten grauen Zellen, damit er mal Computeringenieur wird, das ist die Wissenschaft der Zukunft, damit kann er später gutes Geld verdienen, viel Geld. Aber lass mich weitererzählen: ich bin zu einer Elternversammlung bestellt worden; ich geh also hin, gebe den vorbildlichen Vater, echt seriös, beste Anstandsmiene und die Antennen voll ausgefahren, dass ich alles mitkriege. Und weißt du was? Die Paukerin von dem Jungen fängt an zu erzählen, dass die Kinder in der Schule fürchterlich gewalttätig seien: ein paar Elfjährige hätten ein Mädchen aus ihrer Klasse ins Klo gezerrt und sie vergewaltigen wollen; es gäbe eine Bande, die kleinen, wehrlosen Jungs auflauern und sie im solar *an der Ecke durchficken würden; und sie hätten einen Kleinen, so alt wie meiner, mit so vielen Messerstichen traktiert, dass er gestorben sei, bloß weil er seine kleine Freundin gegen einen anderen verteidigen wollte, der sie angemacht hat. Wir Eltern müssten unseren Kindern verbieten, dass sie Drogen in die Schule mitnehmen, weil damit die Probleme aufgekommen seien; und wir sollten ihnen nur ganz wenig Geld fürs Frühstück mitgeben, weil sie sonst Marihuana kaufen, drüben an der Ecke Laguna und Belascoaín, da gibt's eins von den miesen Cafés, wo immer Dealer rumhängen. Mich hat das fast umgehauen: Wer käme denn auf die Idee, dass so was in den Schulen passiert, Väterchen? Und nicht mehr und nicht weniger als in dieser Schule, die eine der besten in ganz Centro Habana ist! Da kannst du dir vorstellen, wie es erst in den anderen Schulen aussieht, Väterchen! Und das Tollste, Alex: der Rassismus, der überall aufkommt. Heute sind ja die Dealer alle schwarz. Du kommst irgendwo vorbei, wo die Bullen gerade die Dealer in ein Auto stecken, und wenn du reinguckst, ist es stockdunkel wie im Ofen: lauter Schwarze drin. Kein einziger Weißer. Du und ich, Väterchen, wir beide wissen natürlich, dass das Gehirn, also die, die das alles organisieren, keine Schwarzen sind, obwohl es auch Ausnahmen gibt. Ja, hier stimmt das, was ich in der Schule gelernt hab: jede Regel hat ihre Ausnahme. Es macht mich kolossal wütend, wenn ich die Polizisten sehe, fast alles Schwarze, wie sie andere von ihrer Rasse prügeln, stoßen und schlagen, als wären's Tiere.*

Ich habe einen Freund, Lumumba, der ist so schwarz wie die Nacht. Und dieser Lumumba hat mal zu mir gesagt, wenn hier bei uns mal was passiert, also, eine Wende, ein Regierungswechsel, du weißt schon, dann gründet er eine Schwarze Schwadron, und alle Schwarzen kriegen den Kopf abgerissen, die ihre Rasse verraten haben. Er hat sogar eine schwarze Liste von schwarzen Polizisten, die immer andere Schwarze jagen und in den Knast stecken wollen, und er schwört bei seinem heiligen Mütterchen, dass das die ersten sind, die er in der Abteilung »Mund nach oben« schlafen legt, aber nicht in ein schönes Grab, nichts da; sie sollen in einem Massengrab verscharrt werden, wie sie es verdient haben.

Außerdem will er es machen wie früher, als es noch Sklaven gegeben hat: die Köpfe auf Stöcke stecken und öffentlich aufstellen - in den solares*, wo diese Bullen gewohnt haben, vor den Bahnhöfen, und überall, wo sie rumgegockelt und andere schikaniert haben. Das soll ihre Kollegen erinnern, dass sie auch mal aus Afrika gekommen sind und* *dass es ihre Pflicht ist, die eigene Rasse zu verteidigen, und nicht, sie zu knechten.*

Es ist beschissen, aber man muss es einfach sagen: unser Land geht unter, Väterchen. Du gewöhnst dich dran, dass du in der Scheiße lebst, aber es gibt Momente, wo du stehen bleibst und sagst: Rocco, verdammt noch mal, wie schön wäre es, wenn man keine solchen Geschäfte machen müsste, wenn man seine Pesos auf anständige Art und Weise verdienen und ruhig im Bett liegen könnte, ohne dauernd dran zu denken, dass vielleicht die Polizei kommt und dich aufweckt, weil irgendwer sein Maul nicht halten konnte. Man beneidet sogar die Leute, die weit weg von dieser Scheiße leben. Aber es wird ständig schlimmer. Und du hast keine Wahl, Alex: wenn du dir eine anständige Arbeit besorgst, krepierst du vor Hunger.

Wie heißt das Wort noch gleich? Topie, so heißt es. Ich hab's von diesem Glatzkopf gehört, Pedro Juan, einer der auch schreibt, du kennst ihn. Er bringt drüben in Spanien Bücher raus, in denen er so tut, als würden wir hier in Kuba den lieben langen Tag nichts anderes tun als bumsen, poppen und pimpern. Er hat mal gesagt, dieses Kuba, in dem einmal alles vollkommen wäre, das sei eine Topie. Also etwas, das es nie geben wird, das aber trotzdem in den Köpfen der Leute da ist. Es klingt richtig schön, wie eine gute Sache. Aber hier bei uns gibt es immer weniger Menschen, die anständig leben. Damit hat dein Freund Recht, der andere Schriftsteller, Marqués heißt er glaub ich: die Scheiße ist ein Virus, der alles ansteckt. Ich weiß noch genau, wie er das zu dir gesagt hat, Väterchen, hier in diesem Sessel hat er gesessen.

Um das andere brauchst du dir keine Sorgen zu machen: Ich nehme jetzt gleich mit meinen Leuten Kontakt auf und klopfe auf den Busch, mal sehen, was dabei raus-

kommt. Ich finde ganz sicher was raus. In unserer kleinen Welt wird alles durchgehechelt und alles weitergetratscht, und die Geschichte von diesen Toten muss schon in ganz Havanna rumgehen. Ich stell mir vor, es wird etwa zweihundert verschiedene Versionen geben, wie sie um die Ecke gebracht wurden. Und das ist gut so: du kannst dir selber aussuchen, was dir passt, und deine eigenen Schlüsse ziehen. Ich hab schon einen genauen Plan und weiß, wo ich anfangen muss, damit ich nicht dem falschen Ball hinterherlaufe. Zeit ist Geld, oder? Klar, gib mir eine Chance: das braucht eine Strategie, eine Geschichte als Deckmäntelchen und den richtigen Dreh, damit die Leute nicht misstrauisch werden und die Kiste mit ihren Klatschgeschichten auch aufmachen. Also, wenn das gut läuft, was ich vorhab, bin ich heute abend wieder hier oder morgen früh, wenn der Gockel dort hinten kräht, und dann hab ich Neuigkeiten für dich.

VIER

Er braucht jetzt etwas Starkes, das weiß er, und er sagt es noch einmal laut: »Du brauchst jetzt einen guten Schluck, Alex!«, und deshalb macht er die Tür hinter sich zu und geht durchs Wohnzimmer zur Küche. Um diese Nachmittagszeit liegt das Haus verlassen da, aber er weiß, in einer halben Stunde wird das Stimmengewirr seiner Patenkinder wieder um ihn sein, das Geplauder der Frauen seiner Neffen, das Kommen und Gehen der Leute, die ihn besuchen, um ihm von den Tagesgeschäften zu berichten - bis es Nacht wird, alle wieder in ihre Wohnungen zurückkehren und das Leben die Normalität jedes familiären »Home Sweet Home« annimmt.

»Du bist schon ein alter Mann, Alex!« sagt er sich, ohne zu wissen, zum wievielten Mal. Er hat den Überblick verloren. Tatsächlich ist Altsein wie Nicht-Verstehen oder Sich-dagegen-sträuben, dass Dinge, die früher selbstverständlich waren, das Recht haben, anders zu sein, als wir es für richtig halten. Dieser Gedanke erinnert ihn an die klaren, in ihrer Kälte treffsicheren Worte Alains, der vor einigen Monaten gesagt hat: »Der Zeitgeist ist anders, Väterchen; nicht du hast dich verändert, du bist auch nicht konservativer geworden; die Zeit, in der wir leben, hält sich einfach nicht mehr an die Logik.« Und das ist richtig. Wie anders könnte man die zynische Ungebundenheit der meisten *jineteras* erklären? In seiner Jugend, damals in den fünfziger Jahren, waren die Nutten

Leidensgestalten, der Willkür einer Puffmutter oder eines Zuhälters ausgeliefert. Es gab ganz wenige, seltene Ausnahmen, die sich völlig unabhängig gemacht hatten. Und nicht einmal diese erreichten das Maß an provozierender Freizügigkeit und Schamlosigkeit, wie es die Frauen besitzen, von denen er eben zurückkehrt.

Die *Faraonas* waren bildschöne Frauen mit perfekter Figur, wie von einem erfahrenen Töpfer gedreht, und mit Gesichtern wie Engel; sie waren sanft und verführerisch, dabei von der hinterlistigen, stets sprungbereiten Aggressivität jener Amazonen, die er einmal in einem alten Hollywood-Film über Jason und die Suche nach dem Goldenen Vlies gesehen hat. Wie jene beherrschten sie alle Künste der Eroberung und Verführung, Künste, die die Frau vervollkommnet hat, seit sie mit Adam im Paradies weilte. Das Haus, das einmal einem reichen Bonzen der fünfziger Jahre gehört hatte, erhob sich majestätisch an der Avenida Paseo im Schatten zweier hundertjähriger Eichen, vom Gehweg getrennt durch einen kleinen Vorgarten, der mit seinen Begonien und Farnkräutern die sorgende Hand eines Gärtners ahnen ließ, der keine Sekunde versäumte, sie zu hegen und zu pflegen und sie sogar vom Staub und den Abgasen der Autos zu säubern, die hektisch die Avenida hinunterdonnerten, zum Malecón und dem sogenannten Bermuda-Dreieck: der teuersten Touristengegend der ganzen Stadt. Wann hat er davon gehört, dass die *jineteras* sie so nennen? Er weiß es nicht mehr. Er glaubt, eine weit zurückliegende und diffuse Erinnerung zu erkennen, wie zerborstenes Glas: seine tote Tochter Patty erklärte ihm einmal, dass es für manche Teile Havannas bereits Namen gebe, je nach ihrer Funktion für die Tentakel der Prostitution und des Schwarzmarktes. An jenem Tag hatte er entdeckt, dass es in seinem uralten Machtgefüge Teilbereiche gab, die er nicht mehr genau einschätzen konnte, nicht mehr bis ins Letzte kannte. Er weiß nur, dass er aus dieser Zone, deren Grenzen vom Hotel Meliá Cohíba über das Hotel Riviera zu einem luxuriösen Supermarkt ein perfektes Dreieck bilden, tagtäglich Geschichten hört, bei denen Nutten, Drogen und Schwarzhandel mit Rum, Zigarren und kubanischer Musik die normalen Zutaten, die alltäglichen Bestandteile eines makabren Banketts darstellen, das für die Touristen gegeben wird.

Das Haus war weiß getüncht. Er sieht die Fassade vor sich, schneeweiß wie das Gefieder eines Engels; dieselbe Farbe wie das Haus, von dem er schon immer geträumt hat, auch wenn sein Bild heute immer mehr verschwimmt und in immer weitere Fernen rückt. Es konnte jenem Neuron, das angeblich wie ein Miniaturtresor die eigenen Wunschträume speichern soll, leider die Frustration nicht ersparen, dass er in einem Viertel lebt, in dem es nicht nur ein Fehler, sondern eine Dummheit ist, eine Hauswand weiß zu streichen: in diesem Teil Havannas scheinen Schmodder, Dreck und Scheiße der einzig mögliche Fassadendekor zu sein. Gegenüber seinem Haus in Centro Habana sieht er, gerade jetzt, während er seinen Geist wie eine Angelschnur ein paar Stunden zurückspult, um im Stil der alten Filme seine Begegnung mit den *Faraonas* nachzuerleben, den Beweis jener »architektonischen Pauperisierung«, von der Eusebio Leal - der einzige Verrückte, der daran interessiert scheint, den Verfall der Stadt aufzuhalten - vor kurzem im Fernsehen sprach: ein von Le Corbusier entworfenes Gebäude, das langsam unter einer schwarzen, modrigen Schicht verrottet, die sein Skelett zerstört. Als es nach den starken Regenfällen eines Hurrikans vor ungefähr fünf Jahren einstürzte, blieb von seinem glamourösen Stolz nur noch der äußere Rahmen, ähnlich der festen Haut toter Tiere, die in dem absurden Bemühen, ihren zerstörten tierischen Adel zu bewahren, eine Zeitlang die stinkenden und fauligen Schwaden verwesenden Fleisches zurückhalten kann. Im Innern des Hauses türmte sich der Berg von Trümmern, Abfällen, faulendem Müll und Gerümpel, das die Leute dort hinwarfen, von Tag zu Tag höher; angestaute Brühe quoll zwischen den stinkenden Haufen hervor und überzog die angrenzende Straße mit Pfützen und Rinnsalen von Urin und Schmutzwasser.

Der Neid gab ihm einen heftigen Stich: das große Wohnhaus, in dem die *Faraonas* lebten, musste mindestens hunderttausend Dollars gekostet haben und war nun im Besitz einiger rebellischer Nutten, die sich, wie er sich noch einmal sagte, den Aufwind der Emanzipation der Frau zu Nutze machten, um mit ihren Körpern auf eigene Rechnung zu arbeiten und alleine für ihren Unterhalt zu sorgen.

Nach dem Klingeln – musikalisch, sanft – erschien eine umwerfende Blondine, ein vollkommenes Exemplar der weiblichen Version der menschlichen Rasse. Sie hatte das Lächeln eines wohlerzogenen Mädchens, sodass er zunächst glaubte, er habe sich in der Tür geirrt; als er aber einen verstohlenen Blick nach drinnen warf, sah er zwei Mädchen in einem Sessel sitzen und auf einen Bildschirm von riesigen Ausmaßen starren. »Televisa«, sagte er sich, als er den Kanal erkannte, »sogar eine Sat-Antenne haben die Luder.«

»Ich möchte zu Zulema«, sagte er, als er in den Augen der Blonden verschleierte, aber zunehmende Anzeichen von Angst entdeckte.

Er sah, wie ein Seufzer die Brüste der Blonden schwellen ließ, die sich lebendig, pulsierend und sinnlich unter dem Gewebe des Pullovers abzeichneten. Seine Strategie, sich als Kunden von Zulema auszugeben, ging auf. Sie würde ganz sicher nicht da sein, um ihm zu widersprechen, und seine Aufmachung – er verdankte sie weitgehend dem guten Geschmack einer seiner Nichten, die ihn eingekleidet und geschminkt hatte - war die eines lüsternen alten Freiers, der gerne mit jungen Hinterbacken spielt. Die Blonde öffnete ihm vollends die Tür und trat beiseite, um ihn eintreten zu lassen. Alex schnappte das unauffällige Signal auf, das sie den anderen Mädchen gab. Eine schaltete den Fernseher ab, und sie setzten sich in Positionen, die ihre körperlichen Vorzüge zur Geltung brachten, jede von ihnen war ebenfalls makellos und von einer außergewöhnlichen Aureole der Reinheit umgeben. »Hier herrscht Perfektion«, dachte er und nahm in dem Sessel Platz, auf den die sorgfältig gepflegte Hand der Blonden deutete, deren überlange Fingernägel sich wie kleine Krallen krümmten.

Er hatte schon ziemlich aufschlussreiche Auskünfte über diese Frauen eingeholt. Am Nachmittag zuvor hatte er nach dem Besuch bei Zulemas Mutter ein paar Anrufe getätigt und genau erfahren, wie sie arbeiteten. Das erste, was ihm bestätigt wurde, hatte er schon von der alten Frau gehört: sie waren alle verheiratet. Fast ein Gemeinplatz. In Havanna war es an der Tagesordnung, dass Prostituierte auf diese Art ihrem Broterwerb nachgingen; die bekanntesten Gruppen mit diesem »Kampfstil«, wie sie es selbst nannten, waren die *Supremas*, die *Faraonas*, die *Madamas*, die *Amazonas* und die *Gerentes*. Jede der Gruppen hatte sich auf einen bestimmten Sektor des Dollarbereichs spezialisiert und im Sinne ihrer Interessen sehr intelligent platziert.

Die *Supremas* waren Ärztinnen. Sie hatten Funktionäre internationaler Gesundheitsorganisationen, ausländische Ärzte oder Klinikchefs geheiratet, die sie bei Kongressen und Veranstaltungen, wie sie jedes Jahr auf der Insel stattfinden, kennengelernt hatten. Die *Madamas* hatten sich mittlere Chargen politischer Parteien angelacht, vor allem aus Europa, »und dann haben wir eben geheiratet«. Sie lernten sie - »wie das Leben so spielt«, sagten sie mit maliziösem Mona-Lisa-Lächeln – bei Modeschauen kennen, zu denen die Männer an den seltenen freien Abenden ihrer politischen Besuche von ihren Gastgebern in Havanna eingeladen wurden; alle neun waren ehemalige Models. Die *Amazonas*, Schwarze und Mulattinen von skandalöser, fast pornografischer Schönheit, waren mit drittklassigen Unternehmern, meist Diskobesitzern verheiratet, die zu internationalen Musikfestivals nach Kuba gekommen waren. Sie waren billigere Huren, die bei Konzerten auf Ausländerjagd gingen und sich ein Gesetz zu Nutze machten, das allgemein gültig war: das Gesetz von der sexuellen Faszination der berühmten kubanischen Mulattin. »Mit den *Gerentes* ist es was anderes, Alex«, hatte ihm einer der gesprächigsten Zuhälter von ganz Centro Habana erklärt, ein kleiner Schwarzer, der um die fünfzehn *jineteras* im sanierten Bereich der historischen Altstadt auf den Strich schickte. Alex hatte ihn schon mehrfach davor bewahrt, zusammengeschlagen zu werden; der Dummkopf tat nichts lieber, als verschnittene Drogen auf dem Gebiet von Banden zu verkaufen, die bei ihrer Ware auf Qualität achteten. Aber Alex kannte ihn seit seiner Geburt, und die langjährige Zuneigung veranlasste ihn immer wieder, sich die Finger für diesen Starrkopf zu verbrennen, der nicht vorsichtiger wurde, obwohl er bereits mehrere brachiale Verwarnungen verbucht haben musste. »Sie sind nicht verheiratet, sondern die Geliebten, die Zweitfrauen von einflussreichen kubanischen Managern... Die armen Teufel, sie müssen ein größeres Geweih haben als ein Elch, von Treue halten die Mädels nicht die Bohne. Sie sind die Geliebte, so lange der große Chef zwischen ihren Beinen steckt, aber kaum zieht der Typ den Schwanz raus, gehen sie auf die Jagd nach dem nächsten Mann, um noch mehr Kohle zu machen.«

Die *Faraonas*, die er jetzt auf dem Bildschirm seiner Erinnerung hat, haben ausländische Unternehmer geheiratet, die in Kuba Touristikfirmen betreiben. Sie leben mit ihnen in Hotels oder in den Häusern, die ihre betuchten Männer von kubanischen Immobilienhändlern gekauft haben, und melden sich hier in dieser Villa, wenn sich ihre Partner in der Provinz oder außer Landes aufhalten. Es sind sechs, »ach nein, fünf, seit Zulemas Tod, obwohl sie noch nichts davon wissen«, sagt sich Alex. Edelnutten mit höchsten Ansprüchen, »na ja, Väterchen, von der Sorte, die da unten Feuer haben, die ständig einen guten Kerl brauchen, der‘s ihnen besorgt.«

»Ist der Señor ein Kunde von Zulema?« fragt die Blonde. Neben ihr sitzt eine Schwarzhaarige, nicht groß, aber mit sehr attraktiven Kurven und heller Haut, die Beine aufs Sofa gelegt, und schaut ihm verführerisch, mit der Unschuld eines wohlbehüteten kleinen Mädchens, in die Augen.

»Sie nennt mich Buba. Sagt dir der Name was?«

Zulemas Mutter hatte ihm den Kosenamen genannt. »Buba« war ein alter, sehr geheimnisvoller Herr, der Zulema bisweilen zu Hause anrief. Er ließ ihr jedes Mal dasselbe ausrichten: »Hier spricht Buba, Señora. Sagen Sie ihr, ich hole Sie in einer Stunde ab. Sie soll wie immer auf der Parkbank in der Calle G warten!« Die Mutter rief dann bei den *Faraonas* an und hinterließ die Nachricht für Zulema. Ihre Tochter kam nie persönlich ans Telefon, wartete aber dann auf der Parkbank, auf der anderen Seite der Avenida in Richtung der 23. Straße, bis der Mann in einem blauen Nissan vorfuhr und sie abholte. »Sie kam nie herauf, um mich zu besuchen«, sagte sie, und Alex fand den melodramatischen Ton ihrer Worte unangenehm, »sie schaute nicht mal herüber, als würde hier nicht die Frau leben, der sie ihr Leben verdankt.«

Alex sieht, wie das Mädchen eine falsche, sanftmütige Miene aufsetzt. Er hat sich weit vorgewagt und riskiert, dass er die

Dinge auf andere Art vorantreiben muss; es könnte immerhin sein, dass die Mädchen diesen Buba persönlich kennen. Aber er hat ins Schwarze getroffen. An der Reaktion der Blonden erkennt er intuitiv, dass nur sein Name bekannt ist. Und nach der lüsternen Bereitwilligkeit ihrer hellen Augen zu urteilen »muss er ein reicher Sack sein, einer mit einem Haufen Kohle«: die Haltung der Prostituierten ist ganz auf Eroberung aus. Im Hintergrund, auf der anderen Seite des Raumes, sitzen zwei reizende Mädchen von bronzenem Teint und langen, ebenfalls sehr dunklen Haaren, in superkurzen Shorts, die den Rand ihrer Hinterbacken zeigen, sie halten große Gläser mit Whisky und viel Eis in der Hand, unterhalten sich und schauen zu ihm herüber. »Was für Titten, Donnerwetter! Unser Land produziert schöne Frauen für jeden Geschmack«, denkt er und verschanzt sich in der schweigenden Beobachtung jeder einzelnen Geste der beiden, um ihre Reaktion zu taxieren: sie haben den Köder geschluckt.

»Sie ist nicht da«, erklärt die Blonde und reckt verführerisch den Busen. Die Schwarzhaarige neben ihr nimmt die Beine vom Sofa und zeigt ein paar schneeweiße Schenkel, wie aus Porzellan, unter einem sehr kurzen Kleid, das kaum den Po bedeckt, wie es der heutigen Mode entspricht.

»Sie möchten sich amüsieren?« fragt sie.

Er setzt das Grinsen auf, das er für einen geilen alten Bock am passendsten findet, und ist überzeugt, dass er fortfahren sollte, diesen Buba zu geben. Das Mädchen hat das Grinsen als Zustimmung genommen, ohne zu ahnen, dass er in Wirklichkeit überlegt, was Alain in seiner Lage tun würde. Der Polizist erzählt ihm ständig von Situationen, wo er wieder einmal gezwungen gewesen sei, eine Nutte zu bumsen, um vor ihr nicht als ausgemachte Schwuchtel dazustehen, »das kommt von unserem nationalen Machismo, das liegt uns im Blut, du weißt schon«, obwohl er seiner Frau Camila hundertprozentig treu sei, wenigstens was die wahre Liebe angehe. »Da hilft nichts, Väterchen, es kommt der Moment, wo man trennen muss zwischen dem, was der glatzköpfige Señor zwischen den Schenkeln will, und dem, was die Firmenzentrale befiehlt, also der Kopf hier oben«.

Aber er ist nicht Alain Bec: er ist weder ein junger Mann, noch hierher gekommen, um sich die Zeit zu vertreiben, obwohl er nicht bestreitet, dass es ihm gefallen würde, sich mit dem zu vergnügen, was er sich unter den Hot Pants der bronzefarbenen Mädchen an der Bar ausmalt. Diese Hautfarbe hat es ihm bei Frauen schon immer angetan. Deshalb beschließt er, den Angriff voranzutreiben.

»Ich schlage vor, die Sache mal anders zu betrachten, Kleine«, sagt er zu der Blonden in einem barschen, kalten Ton, der ihre Anmache schlagartig stoppt. »Deine liebe Zulema hat mich bei Geschäften übers Ohr gehauen.«

Er beobachtet die Wirkung seiner Worte: die Blonde sucht langsam den Schutz der Rückenlehne, die Schwarzhaarige setzt sich auf die Kante der Hinterbacken und legt die Hände vor den Bauch, die beiden an der Bar hören auf zu trinken, alarmiert von seinem Schweigen. Er kann die Angst riechen. Es stinkt sozusagen vor Panik. Er spürt, dass er mit diesem Auftritt als beleidigter Grandseigneur mehrere Spielzüge der Partie für sich entschieden hat.

»Sagen wir es mal so«, fährt er fort und sieht, wie alle Augen starr, wie eingefroren, an jeder seiner Gesten hängen. »Ein Vögelchen kam geflogen und erzählte mir, dass Zulema jetzt mit einem Spanier macht, was sie früher mit mir gemacht hat. Ihr versteht, was ich damit meine. Oder muss ich noch mehr erklären?«

Die Blonde, wohl die Chefin der Herde, lässt ein ängstliches, tonloses Nein hören. Sie will etwas hinzufügen, aber Alex fällt ihr ins Wort: »Ich stelle die Fragen, Kleines.« Er kann seine Zeit nicht mit Informationen vertrödeln, die ihm schon bekannt sind, und ist entschlossen, die Regeln zu diktieren und genau das zu erfragen, was ihm noch fehlt. Deshalb hat er die Geschichte mit Zulema und dem Spanier erfunden, obwohl bis jetzt die Gleichzeitigkeit, mit der der Unternehmer und die Nutte tot im selben Grab aufgetaucht sind, der einzige Trumpf ist, den er in Händen hält. Er muss noch zwei Dinge klären.

»Wo ist die Schlampe?« fragt er, um zu sehen, wie viel die *Faraonas* wissen.

»Sie ist schon tagelang nicht hier gewesen«, antwortet die Schwarzhaarige. Ihre Stimme klingt rau, fast männlich, im Gegensatz zu ihrer kindlichen Haltung. »Das letzte Mal, als wir sie gesehen haben, ist sie mit Ramiro weggegangen; das ist ihr Bruder, er hat sie in einem Auto mit diesem Spanier abgeholt.«

Du bist auf dem richtigen Weg, Alex, denkt er und taucht ein in die bezwingende Schwärze dieser Augen, wie einer, der nachlässt, um an einen geheimen, faszinierenden Ort geführt zu werden. Aber sie wendet den Blick ab und schaut erst zu der Blonden, dann zu den anderen. Keine sagt ein Wort. Sie haben wirklich Angst, denkt der Alte. Sie wissen nicht, was sie zu befürchten haben, aber sie haben Angst.

»Ist sie vielleicht irgendwo bei ihrem Mann?« hakt er nach, obwohl er weiß, dass es unmöglich ist. Sie ist allein, bei Gott oder dem Teufel, an jenem Ort, von dem man nicht zurückkehrt.

Das allerdings können sie mit Sicherheit sagen: Nein, ihr Mann ist noch im Ausland. Er werde Ende des kommenden Monats zurückkehren, das habe Zulema selbst erzählt und sich gefreut, schon ein paar Monate befreit zu sein von der Last »dieses Langweilers, er ist wirklich eine bittere Pille, stimmt's nicht, Mädels?«, erklärt die Blonde, und Alex sieht sie nicken, Marionetten an hauchdünnen Fäden, mit Bewegungen, die auf jeden anderen theatralisch, einstudiert wirken mögen, aber nicht für ihn: es ist ganz natürlich, wie die hübschen Köpfchen nicken und bestätigen, dass keine von ihnen diesen Kerl ausstehen kann.

»Könnte es vielleicht sein«, fährt er fort und unterstreicht seine Worte mit ausgesuchter Ironie und einem Blick, den er wie einen vergifteten Wurfpfeil auf die halb nackten, verführerischen Oberkörper der beiden Frauen schleudert, die ihm gegenüber sitzen, »könnte es nicht sein, dass dasselbe kleine Vögelchen euch erzählt hat, wohin Zulema mit dem Spanier immer geht?«

Die Antwort beweist ihm, was er längst weiß: man braucht den Schäfchen nur ein guter Schäfer zu sein, dann führt jeder Weg zum Ziel. »Mensch, Alain, du würdest mich kolossal beneiden, wenn du mir jetzt durch ein Astloch zuschauen könntest!« denkt er, als er die Antwort der Blonden hört. Sie scheint etwas Beruhigendes in Alex' Gesten zu spüren und eine vertrauenswürdige Person in ihm zu sehen, wo er doch so viel über Zulema weiß; vielleicht ist es auch die Angst, die sie ihr Nähkästchen öffnen lässt, jedenfalls löst sich ihre Zunge.

»Von hier sind sie immer ins Hotel Parque Central gegangen, das jetzt NH gehört. Fragen Sie mich nicht wie, aber dort kaufen sie den Stoff, den wir an unsere besten Kunden weiterverkaufen, Kokain vom Feinsten.«

Unser Spanier ist nicht der einzige in dem ganzen Tohuwabohu, Alex; eine ganze Menge Ausländer haben ihre schmutzigen Finger im Spiel. Wenige Spanier, die meisten sind Mexikaner, man weiß ja, die sind Weltmeister in krummen Geschäften. Auch Italiener, jeder weiß doch, das mit dem Rauschgift und der Mafia liegt denen im Blut.

Und sogar Franzosen, mit allem Drum und Dran und dieser trotteligen Miene, die sie immer zur Schau tragen. Das hab ich rausgefunden. Weil du gesagt hast, ich soll mich bei den Banden umschauen, die Kontakt zu Ausländern haben, da hab ich die Fragerei eben bei denen angefangen. Hübsch vorsichtig natürlich, ich kann's mir nicht leisten, dass sie mich mit einem Polizeispitzel verwechseln. Ein paar Sachen sind rausgekommen, die dir vielleicht helfen können. Erstens: die Leute sind aufgescheucht, weil sie die ganzen Dealer aus dem Verkehr ziehen. Letzte Woche haben sie in der Calle Industria einen ganzen LKW voll einkassiert. Stell dir vor, in dem Block, der am dichtesten am Malecón liegt, gibt es einen billigen Puff, wo man jede beliebige Scheiße raucht, sogar Amphetamine, was heute unter Junkies schon als Schande gilt. Es kam raus, dass sie wegen der bösen Zunge von dem Alten an der Ecke auf das Haus gekommen sind, ein Rentner von der Sorte, die nichts zu tun haben und den lieben langen Tag nichts anderes machen als ihre Nase in die Angelegenheiten anderer Leute zu stecken. Anscheinend hat er nichts ausgelassen, also, lass mich erklären, er hat sich kein offenes Forum, keinen Aufmarsch, keinen runden Tisch im Fernsehen und keine Kundgebung entgehen lassen, die hier in Havanna stattfand. Du weißt schon, ein Roter von den Hundertfünfzigprozentigen. Um es kurz zu machen: man hat den Alten auf der Kloschüssel gefunden, in seinem Zimmer, wo er alleine gewohnt hat, seit seine Tochter mit dem Floß nach Miami abgehauen ist. Sie haben ihm die Kehle von einem Ohr zum anderen aufgeschnitten, die Zunge rausgerissen und an die Brust gesteckt, mit so einer riesigen Nadel, wie man sie früher für die Stoffwindeln zum Feststecken hatte. Ach ja, und den Mund haben sie ihm mit Scheiße zugeschmiert. Die Polizei sucht wie verrückt nach dem Mörder, aber im ganzen Block werden sie keinen Ton aus den Leuten rauskriegen, weil die den Alten so hassen, dass du es kaum glaubst. Klar, Alex, vielleicht brauche ich ein bisschen lange mit dem Suchen von manchen Informationen, aber die Kacke ist am Dampfen und ich will nicht mit einem Haufen Scheiße im Maul und der Zunge als Krawatte aufwachen, bloß weil irgend so ein Gauner meint, ich wäre ein Polizeispitzel, wenn sie mich bei der Fragerei erwischen.

Das zweite ist die Geschichte mit den Ausländern. Kinderleicht. Im gleichen Haus, wo Sambo wohnt, mein Boss, wohnt auch ein Bulle, und der hat ihm den Rat gegeben, sich eine Zeitlang nicht auf der Straße blicken zu lassen und alles zu tun, bloß keine Drogen verkaufen. Ich hab ihn dort schon öfter gesehen. Ganz in Ordnung, der Typ, und es ist doch so, man kann sich nicht als Richter aufspielen und die Jungs verurteilen, bloß weil sie's nicht schaffen, ihr Geld auf andere Art zu verdienen, und halt Bullen geworden sind. In unserem Land ist es doch so: jeder soll sich seinen Lebensunterhalt suchen, wie er kann. Also, dieser Bulle erzählt Sambo und zwei anderen von uns, die auch dabei waren, dass sie, die Bullen, sogar selber still halten wollten. Wieso? Ganz einfach, Väterchen: dort drinnen auf den Polizeiwachen nerven sie jeden, Gott und die Welt, mit der Geschichte von der Korruption bei der Polizei. Einer der Chefs hat sogar vorgeschlagen, ein Korps von Informanten aufzustellen, die verdeckt auf der Straße arbeiten, um rauszufinden, wer von den Bullen mit der Unterwelt zusammenarbeitet und Geschäfte macht, wie in den amerikanischen Filmen. Moral: wie wir hier im schönen Kuba sagen, alles stillhalten, kein Finger regt sich, denn die Kacke kann dich aus jeder Richtung treffen. Ich glaub, ich hab's dir schon mal gesagt: wer mir kommt und sagt, dass es in diesem Land eine Person gibt, Väterchen, eine einzige Person, die die Finger nicht voller Scheiße hat, den schieß ich auf den Mars und lass ihn mit den Außerirdischen bumsen. Und in genau dem Haus von Sambo hab ich mit meinen eigenen Augen, die einmal die Würmer fressen werden, wenn ich in die Grube fahre, feine Pinkel von staatlichen Restaurants aus und ein gehen sehen, Hotelmanager, Polizisten in Uniform oder in Zivil, aber auf jeden Fall Bullen, und sogar welche vom Zoll. Wenn ich ein Schriftsteller wär, wie dein Kumpel Justo Marqués, ich wüsste genug Geschichten, um ne ganze Schwarte vollzuschreiben, noch dicker als die Bibel. Und das Beste ist: alle diese Geschichten laufen auf ein und dasselbe hinaus, Alex: die Hälfte der Korruption auf der Insel gibt es nur deshalb, weil hier jeder jeden kennt. Wie man so sagt: kleines Land, große Hölle. Hör mal ein Beispiel: die Schwester von Sambo ist eine Vollblutnutte, die mit ihrem Vater nur deshalb nicht vögelt, weil er älter als Tutenchamun und ein absoluter Geizkragen ist, der keinen Peso für die Nummer springen lässt. Sie hat sich einen Italiener angelacht. Hässlich wie die Nacht, wie der Teufel selber. Ein Dicker, so fett, wenn sie den kaltmachen und alles Fett rausholen, dann kann ganz Kuba ein Jahr lang davon leben. Und der Gipfel: die Haut in seinem Gesicht ist wie eine Mischung aus der Haut vom Ochsenfrosch, also voller Warzen, mit einer Straße von hier, von Centro Habana: wo keine Runzel ist, da ist eine Warze, und wo keine Warze ist, kommt ein Schlagloch. Tatsächlich aber schnappt sich doch dieser Schweinehund eine der schönsten Frauen, die je in Havanna rumgelaufen sind. Zur Sache: sie haben mit Pauken und Trompeten geheiratet, mit allem Drum und Dran, nur ein Feuerwerk hat noch gefehlt, und sie ist den ganzen Malecón rauf und runter flaniert, ganz stolz, mit ihrer Vogelscheuche von Mann, als hätte sie Antonio Banderas am Arm. Als der Abschied kam, hab ich sie mit dem Auto von

Sambo zum Flughafen gebracht. Dort muss man eine irre Prozedur über sich ergehen lassen, bis man die Koffer aufgegeben hat, die in den Bauch des Flugzeugs kommen. Wir stehen also an und warten, da kommt einer vom Zoll vorbei und begrüßt sie mit einer Umarmung von der Sorte, wo man gleich sieht, dass Leute sich wirklich gern haben. Also dass das kein Theater ist, sondern richtig echt. Dann fangen sie an sich zu unterhalten. Wie sie fertig sind, erzählt sie dem Italiener, sie hätten zusammen am Polytechnikum für Textilindustrie gelernt, an der Schule, wo sie einem beibringen, wie man mit der Nähmaschine arbeitet und solche Sachen, und jetzt hätte er, über weiß Gott was für Kanäle, eine gute Position beim Flughafenzoll erwischt. Sie sagt auch, dass ein anderer Freund von ihr aus der Grundschule bei der Flughafensicherheit arbeitet oder wie das heißt. Und was glaubst du, was dann passiert? Mir kam das Gesicht von dem Typen zwar bekannt vor, aber weil mein Gesichter- und Namensgedächtnis so mies ist, hab ich mir gesagt, scheiß drauf, bis ich dann den Typen eines Tages bei Sambo zu Hause sitzen sehe, mit einem schönen Glas sieben Jahre altem Havanna Club in der Hand. Er war geschäftlich da. Was für Geschäfte? Weiß ich nicht, aber Geschäfte. Ich hab selbst gesehen, wie unser großer Chef ein Bündel Geldscheine auf den Tisch gelegt hat, und der Typ packt das Geld so nebenbei in das Köfferchen, das er dabei hat, als wär's nicht mehr als ein paar Pesos. Am Ende fragt man sich, was zum Teufel diese Typen im Haus von Sambo machen. Ich hab's dir schon gesagt: wenn ich etwas hundertprozentig weiß, dann das: Sambo verkauft keine Ansichtskärtchen für Touristen, wo draufsteht »So schön ist Kuba!«, und auch keine Papierfähnchen für Aufmärsche.

Über den Spanier hab ich nur eine Kleinigkeit rausfinden können, aber das liegt auf einer Linie mit dem, was dir die Nutten erzählt haben: der Typ hat mit jemand im Hotel Parque Central zu tun, oder er trifft sich dort immer mit jemand, oder es ist sein Hauptquartier. Und du siehst ihn nie alleine. Das hab ich so nebenbei, also durch Zufall rausgekriegt. Ich kenn da ein paar »Raketen«, du weißt schon, Nutten, die auf eigene Rechnung anschaffen, und die hatten mal vor, den Typ zu angeln und ihm das Geld abzuknöpfen, das er angeblich immer dabei hat. Aber er ist ihnen nie ins Netz gegangen. Er hat ständig seinen Partner dabei, ein scharfer Hund, der alle Tricks und Schliche der Straße kennt. Das muss dieser Ramiro sein, von dem du erzählt hast.

FÜNF

Ein paar Jahre vor ihrem Tod hatte Patty einmal gesagt, Havanna sei dazu verdammt, Geschichte zu werden. »Und Geschichte werden, Papa, das heißt sterben, vor die Hunde gehen und angeschaut werden wie die alten Sachen im Museum.« Sie hatte wohl Recht. Er brauchte nur ein paar Wochen bei seiner Familie in Baracoa zu verbringen, der ersten Stadt, die Diego Velásquez in der Zeit der Conquista auf Kuba gegründet hat - gut erhalten, sauber, mit dem lebendigen Flair alter, aristokratischer Herkunft - um den katastrophalen Zustand der Straßen seines Viertels zu erkennen. Bei der Rückkehr nach Havanna war sein Auge geschärft für das zunehmende Tempo des Niedergangs, und er sah, dass in den knapp vierzehn Tagen seiner Abwesenheit weitere Gebäude eingestürzt waren, neue Kloaken-Rinnsale aus den Eingeweiden von Centro Habana flossen und die Schlaglöcher sich so vertieft hatten, dass manche Gegenden unpassierbar waren. Er empfand eine ohnmächtige Wut auf die Leute, die dieses Debakel nicht wahrhaben wollten, wenn er entdeckte, dass die alten Risse mancher Häuser immer größer und gefährlicher wurden. Ein Desaster. Aber Patty hatte sich völlig in einem Detail getäuscht: bei dem Tempo, in dem der Niedergang voranschritt, würde vom echten Havanna nicht das kleinste Stückchen eines Glasfensters, nicht das winzigste Mauerfragment erhalten bleiben, um es eines Tages im Museum zu präsentieren. Eusebio Leal gelang es mit knapper Not, mit unmenschlicher Anstrengung und quasi aus dem Nichts aufgetriebenen Geldern, fast wie durch ein Wunder, Teile des historischen Kerns der einst majestätischen, heute in Trümmern liegenden Stadt zu retten; in einigen Gegenden entging auch der eine oder andere Palazzo dem Verfall, vor allem, wenn ein ausländisches Unternehmen beschloss, ein Hotel in einem Gebäude einzurichten, das ein architektonisches Juwel aus den glanzvollen Zeiten der kolonialen Vergangenheit darstellte. *Zum Glück – und zum Unglück*, denkt er, während er zusieht, wie ein Touristenbus auf dem Malecón anhält, *entstehen immer weitere Hotels aus den Trümmern der ursprünglichen Bauwerke.* Zum Glück, denn, wie der Schriftsteller Justo Marqués in seiner begeisterten Liebe zur Architektur als Kunstform sagte, es war ein Verbrechen gegen die Menschheit, dass so viele Werte an einem so wichtigen Zentrum des Eklektizismus verloren gingen, »Havanna war die Königin des Eklektizismus in Amerika, Alex«, ein Zentrum für alles, was es auf diesem Kontinent im XX. Jahrhundert an experimenteller Architektur gab. Zum Unglück, weil diese neuen Hotels einen Triumph der Fäulnis bedeuteten, die sich wie eine gigantische Amöbe ausbreitete und sogar die Seele der Menschen verdarb »mit dem Ansturm der vier Reiter der gesellschaftlichen Apokalypse, als da sind die Prostitution, das Rauschgift, der Schwarzmarkt und die doppelte Moral zum Überleben«, wie Marqués in seiner üblichen Weltuntergangsstimmung behauptet hatte.

Es verdrießt ihn, dass alles, was er in letzter Zeit sieht, solche Gedanken in ihm weckt und, was das Schlimmste ist, ihn mit einem Pessimismus erfüllt, der sich nicht abschütteln lässt. Er steht auf der Dachterrasse, sieht zu, wie die Schatten der Nacht allmählich der zaghaften Abendhelle den Raum streitig machen, und freut sich über die Entdeckung, dass wenigstens das hässliche Gesicht der Stadt unter dem Mantel der Dunkelheit verschwindet. Seit er angefangen hat, die Welt mit nüchternem Blick zu betrachten, an jenem Nachmittag vor einem halben Jahrhundert, an dem ihm klar wurde, dass er endlich Herr sein, dass er sein Geschick in die eigenen Hände nehmen konnte, war Havanna das Ziel aller seiner Träume gewesen, die Ursache all seiner schlaflosen Nächte, der Punkt, an dem alle Wege zusammenliefen. »Es stimmt, Alex«, sagt er zu sich selbst und hört seine Worte kaum im Dröhnen der Motoren und Hupen der Autos unten auf der Straße, »für dich führen alle Wege nach Havanna.«

Rocco hat ihn vor kaum einer halben Stunde verlassen, und seitdem bedrängen ihn diese grauen Gedanken mit der nervtötenden Hartnäckigkeit von Fliegen über der Scheiße. Er will optimistisch sein. Bei einem bestimmten Anlass, es ist lange her, aber in seinem Gedächtnis immer noch quicklebendig, sagte Alain einmal mit der Ironie seines kanarischen Großvaters zu ihm, er solle es machen wie die Beamten und Politiker: ein gutes Quantum Optimismus inhalieren, die Augen schließen und einfach nicht sehen, dass das Land immer weiter zerfällt und sich sogar die angeblichen Erfolge verdunkeln, selbst wenn sie wirklich einmal welche waren, unter der Last eines absurden politischen Widerstands, der sich, um sie zu bewahren, immer neue Mittel ausdenkt, die immer weniger funktionieren. »Du kannst auch einen Politiker um die bunte Brille bitten, mit der man alles so schön bunt sieht, und so anders als die übrigen Menschen.«

»Erinnerst du dich an das Märchen von den neuen Kleidern des Königs, Alex?« fragte Alain damals. »Das ist das, was sie im Fernsehen ständig machen.«

Er erinnerte sich. In dem Märchen nähten ein paar Hochstapler dem König angebliche neue Kleider, die aber nur für diejenigen sichtbar sein sollten, die ihm ehrlich und treu ergeben waren. Der König zog sich die erlogenen Kleider an und verließ den Palast, um wieder einmal durch sein Königreich zu reisen. Aus Angst tat der ganze Hofstaat, als sei der König bekleidet, das ganze Land tat so, alle taten so. Nur ein kleiner Junge rief in der typischen Unschuld seines Alters: »Der König ist nackt!« Und dann war die Katastrophe da.

»Bei uns passiert genau dasselbe, Väterchen«, erklärte Alain. »Die Wirtschaft ist gescheitert. Das Land ist heruntergekommen. Sie wollen uns eine einzige Idee eintrichtern, eine einzige Wahrheit, und das ist ebenfalls gescheitert. Nur die Politiker, die von diesem System leben und die Leute, die Angst haben - und das ist sicherlich eine ganze Menge - nur die sehen den König in Kleidern.«

Rocco hat ihn mit seinem Besuch vor einer halben Stunde wieder in diese schweren Gedanken gestürzt. Es ist zum Aus-der-Haut-Fahren. Manchmal träumt er davon, endlich jenes Stadium des Alters zu erreichen, in dem nichts mehr zählt und schon ein einfaches Stück Brot den Hunger stillen kann wie ein köstliches Mahl. Diesen Geisteszustand, in dem die Gegenwart ihren Sinn verliert und die Vergangenheit kommt und alles an sich reißt. Er kehrt augenblicks zur Wahrheit zurück: noch nie war er ein Mann, der Lügen oder Halbwahrheiten gelten ließ. Sein Leben war immer ein Kampf für die Dinge, an die er glaubte, mit den Waffen, die ihm das Leben selbst mitgegeben hat, aber auch ein Versuch, er selbst zu bleiben und um seiner selbst willen respektiert und geschätzt zu werden, egal, welches gesellschaftliche Modell an der Macht war. »Du bist, was du bist, Alex, verleugne dich nicht!«, sagt er laut, als könnte er, indem er sich selbst zuhörte und mit seinen Worten die Geräusche der Nacht übertönte, diesen Defätismus aus seinem Kopf vertreiben.

Er stützt die Ellbogen auf das eiserne Geländer seines zur Dachterrasse, zur Aussichtsterrasse ausgebauten Flachdachs und schaut über die Stadt. Havanna beginnt zu leuchten, Millionen von Glühwürmchen setzen sich zaghaft und ganz allmählich auf die dunklen Umrisse von Bauwerken und Häusern. Schnell fahren die Autos durch die Straßen, wie flüchtige Tiere, tauchen auf und verschwinden wieder unter dem Zauberstab eines Magiers, der sich irgendwo in dieser Gegend des Planeten versteckt hält. Hinter ihm beginnt seine Familie ihre allabendlichen Aktivitäten: die Abenteuer im Fernsehen sehen, Dusche und Abendessen vorbereiten, auf die neue Folge der Telenovela warten; diese Monotonie herrscht, seit Patty ins Totenreich, ins Jenseits gegangen und die Freude mit sich genommen hat, mit der sie oft sagte: »Heute gehen wir im Barrio Chino essen!«, »Morgen lassen wir hier eine irre Party steigen!«, »*Compay* Segundo spielt heute Abend im Cabaret Tropicana, nichts wie hin!« oder »Wir machen Papa eine Geburtstagsüberraschung!«

»Du fehlst mir so, meine Kleine!«

Ihr Tod schmerzt immer noch. Dass es unabänderliche Regeln gibt, Gesetze von unvorhersehbarer Schicksalhaftigkeit, hätte er in jener lange zurückliegenden Nacht der fünfziger Jahre nicht gedacht, damals, als das Geschick ihm die Tür zu diesem Universum öffnete, zu der Welt der Marginalität als einzig möglicher Lebensform, düster und schwindelerregend, aber unentrinnbar für Leute wie ihn, für alle Schwarzen und Armen, die sich für den Kampf ums Überleben entschieden hatten. Damals wie heute dasselbe Bild: die Unterprivilegiertheit bot diverse schmutzige, aber wirkungsvolle und praktikable Methoden des Überlebens, während die Politiker aller Epochen das Gegenteil zu beweisen versuchten und dabei vergaßen, wie sehr die Fäulnis eine Folge der verfehlten Politik der einen und der gescheiterten Träume der anderen war, ja sogar der Verbindung der beiden Dinge.

»Wir Capos haben keine Familie«, hatte Meyer Lansky einmal in einem Gespräch mit Julio Lobos, dem kubanischen Zuckerbaron gesagt, und damals war es ihm bedeutungslos erschienen, bloßes Geschwätz, einstudierte Pose, um sein Image als hartgesottener Ganove zu festigen, denn der Capo wusste sehr wohl, dass es gerade die Mafia war, deren ganze Macht auf der FAMILIE beruhte, auf der Einigkeit der Familie. »Wenn du deine Angehörigen mit reinziehst, musst du auf alles Mögliche gefasst sein«, hatte Gatillo, ein Killer der Batista-Clique gesagt, als Alex ihm die Kaltblütigkeit vorwarf, mit der er die Nachricht aufnahm, dass seine Frau und sein zwanzigjähriger Sohn von einer gegnerischen Mafiabande umgebracht worden waren.

»Meinst du, das tut mir nicht weh?« antwortete ihm Gatillo. »Obwohl ich schon eine ganze Menge ins Jenseits befördert habe – meinst du, es tut mir nicht weh?«

Alex selbst hatte, in dem hartnäckigen Bestreben, mehr Geld als alle anderen zu verdienen, seiner Frau einen Job im Büro einer Bank besorgt, die bevorzugt mit Batista und den Capos der amerikanischen Mafia in Kuba Geschäfte machte. »Sogar Carlitos, mein Sohn, war Bodyguard meiner Chefs.«

»Willst du einen guten Rat?« Nur dieses eine Mal glaubte Alex zu hören, dass die Stimme seines Kollegen heiser, schwach wurde, hart an der Grenze zum Weinen, ohne sie jedoch zu überschreiten. »Auch wenn du weniger verdienst, halte deine Familie aus dieser ganzen Scheiße raus!«

Deshalb machte es ihm Angst, als Patty heranwuchs, Formen bekam, eine Frau wurde, eine wunderschöne Göttin aus Ebenholz, und begann, auf eigene Faust kleine Geschäfte zu machen, immer mit Touristen, ab und zu auch als *jinetera* zu arbeiten, sich zu prostituieren, obwohl er sich dem widersetzte. Er wollte sie von der Höhle der Fäulnis fernhalten: schon die Vorstellung schmerzte, dass sein Herzensmädchen eine dieser Nutten wurde, die dem Dollar hinterher jagten und sich, wenn ein geiler Tourist angesichts ihres üppigen Hinterns in Ekstase geriet, seinen Schwanz hineinstecken ließ - aber schließlich geschah genau das, was er befürchtet hatte: sie entfernte sich von ihm und fiel in die Hände von Cristo, einem Zuhälter mit einer Vergangenheit als Knastschwuchtel, der sie in die Apathie der Drogensucht hineinzog, obwohl er sie auch, das stimmte, aus der Prostitution herausholte. Eines Tages fand man die beiden tot in einem Zimmerchen, in dieser selben Stadt, in der sie lachend, lustig, sorglos, ohne jede materiellen Nöte aufgewachsen war, fern von der Aktivität des Bösen, das draußen wütete, bis sie in das Alter kam, in dem alle Kinder unabhängig werden wollen und sich unabhängig machen, »obwohl man sich alle Mühe gibt, sie weiter zu beschützen, ohne dass sie auf einen hören«, hatte er seinen Freunden geklagt, von Schuldgefühlen zerfressen, nachdem er gesehen hatte, wie man ihre Leiche ins Grab senkte.

»Auch wenn es weh tut, das zu sagen«, hatte damals seine Schwester mit ihm geschimpft, grausam und grob, um ihn aus der Lethargie zu reißen, in die sein großer schwarzer Körper, der durch diesen Schlag noch mehr gealtert war, ihn hineinzog, nachdem Alain ihm mitgeteilt hatte, dass Patty in Frieden ruhen könne und gerächt sei: er selbst habe den Mörder gerichtet. »Deine Tochter hat sich das gesucht, was sie verdient hat. Es ist furchtbar schwer, das zu akzeptieren, aber dass man von der Schwuchtel ermordet wird, die der eigene Mann früher gefickt hat, das passiert keinem normalen Menschen, lieber Bruder. Und du weißt genau, wie sehr ich Patty geliebt habe, aber für diesen Weg hat sie sich selbst entschieden, es war ihr freier Wille, an guten Ratschlägen hat es nicht gefehlt.«

Völlig richtig. Er, Alex Varga, hatte sich, damit es seiner Familie an nichts fehlte, jeden Zentimeter seiner Knochen mit schmutzigen Arbeiten ruiniert, mit verzwickten Intrigen, dummen oder hoch riskanten Geschäften, in der Unterwelt, in drei verschiedenen Epochen: unter der Diktatur von Batista und der amerikanischen und kubanischen Mafia, in der Ära von Fidel und der so genannten Revolution für die Armen, und im Havanna der letzten Jahre, von dem niemand wusste, was für eine Missgeburt das sein sollte. Noch in der schlimmsten Zeit der *período especial*, als Hunger, Elend und Starrköpfigkeit der Herrschenden die Menschen zu traurigen Vogelscheuchen abmagern ließen, knochigen Zombies, hatte seine Familie fürstlich gelebt dank der Kontrolle, die er, mit seinen *cojones* im Wappenschild, über die Geschäfte der Unterwelt Havannas ausübte. Wie viele Eltern mochten gerade jetzt ebenso vor dem Nichts stehen, sich nach der Vergangenheit sehnen, in ohnmächtiger Wut, ihre Kinder vermissen, die sie an die Laster dieser Stadt verloren hatten, obwohl diese von der Presse - nur von der Presse - als ruhigster und gesündester Ort des ganzen Universums dargestellt wurde?

Die Luft vom Meer bringt ihm Entspannung. Wenn die Nacht anbricht, verbreitet sich der Geruch dieses Meeres, dessen Wellen gegen die Mauer des Malecón anbranden, und nimmt jede Handbreit der Stadt in Besitz. Er schnuppert gerne in der Dunkelheit diesem Duft nach, der ihn mit der Feuchtigkeit der Nacht erreicht und, ohne dass er wüsste warum, mit dem eigenartigen leisen Rauschen der ruhelosen und gespenstischen unterseeischen Strömungen, die die Insel umspülen. Ob Kuba je wieder ein Land sein würde, das davon träumte, eine der reichsten Nationen dieser Region zu werden? Es beängstigt ihn, dass er keine Antwort weiß. Es ist schon sattsam bekannt: nach diesen Dingen gefragt, wissen die Kubaner nie eine Antwort. Man kann heute viel Mist über die Mafiosi der fünfziger Jahre erzählen, und es mag sogar stimmen, dass sie das Land in ein riesiges Bordell verwandelt hatten, »der Puff Amerikas« nannten sie es, wenn sie unter sich waren, Alex erinnert sich daran, aber was sie sich ausgedacht und gebaut haben, ist da, man kann es sehen, es ist genauso greifbar wie die spärlichen Errungenschaften der Revolution. Er kann den Traum von Meyer Lansky nicht vergessen, den dieser während eines der längsten Aufenthalte von Lucky Luciano in Havanna erzählt hat: »In wenigen Jahren wird Kuba unsere wertvollste Perle im Tourismus sein, Lucky. Las Vegas wird Kleinkram sein gegen das, was wir hier machen.« Ziemlich weit entfernt, dieser Traum, von dem Blödsinn Fidels, die Kubaner zu Zuckerrohrarbeitern zu machen und die gesamte Entwicklung auf den schwachen Wurzeln des Zuckerrohrs aufbauen zu wollen.

Mehr als einmal hat er sich diese Frage gestellt, vor allem, als vor einem Jahr die Schließung der meisten Zuckerfabriken angekündigt wurde: was würden diese Leute jetzt machen, die noch bis vor wenigen Monaten selbst den Gedanken weit von sich gewiesen hatten, dass der Tourismus die kubanische Primärindustrie werden könnte? Sie würden eine Menge Hotels und Badeorte bauen und ein neues, ganz auf den Tourismus ausgerichtetes Land entwerfen, einfach so, obwohl im Gefolge dieser Veränderung genau wie damals Prostitution, Drogen und neue soziale Klassen aufkommen würden. Die Mafiosi hatten die gleiche Idee verfolgt. Und die gleiche Scheiße war dabei herausgekommen.

In jener Nacht, als ihm Justo Marqués das Manuskript von »Wenn Cristo dich entkleidet« gebracht hatte, sagte Alex zu ihm, er werde Probleme bekommen, weil er in diesem Buch feststellte, dass es auf dieser Insel des Gartens Eden ein Drogenproblem gab, während der offizielle Diskurs die Aufmerksamkeit stets von dieser Wahrheit ablenkte. Und genau so kam es. Er wollte dem Schriftsteller die Gefahr klarmachen, die seine Aussage für beide Parteien in diesem Geschäft darstellte: die neuen kubanischen Drogenbosse, die versuchten, weiterhin im Schutz der Blindheit der Regierungsseite zu agieren, und die Regierung, die sich für das absurde Bild eines sauberen und gegen diese Epidemie resistenten Kuba stark machte. Aber ihm lag auch daran, dass Marqués alle Zahnräder dieses komplizierten Getriebes kennenlernte, und so arrangierte er für ihn ein Treffen mit einem alten Freund, einem erfahrenen Polizisten, der Prostitution und Drogen in den armen Vierteln bekämpfte. Dieser Mann legte für Justo Marqués seine - sehr eindeutigen - Karten auf den Tisch:

»Man kann das Übel nicht unter Kontrolle kriegen, *hermano*«, sagte er. »Die Länder, die am stärksten davon betroffen sind, haben es nicht geschafft, und dann stell dir mal uns vor! Offen gesagt, bis jetzt ist meine Politik ganz einfach, und ich kann es beschwören, das ist die Politik von fast allen, die für das Problem zuständig sind: so lange es keinen Todesfall gibt und so lange keine Kinder betroffen sind, drücken wir beide Augen zu. Soll doch jeder rauchen und konsumieren, was er will. Schließlich hat man uns damals befohlen zu schweigen, als wir sagten, der Drogenkonsum in den Vierteln nehme gefährliche Ausmaße an. Es durfte nicht darüber geredet werden.«

Warum dann jetzt dieses Wüten gegen die Drogen? »In den höheren Sphären tut sich etwas, Alex, sei nicht blöd!« sagt er zu sich selbst; ein beunruhigender, äußerst unangenehmer Gedanke, neuerdings Ausgangs- und Zielpunkt fast aller seiner Überlegungen, seit sogar in der *Granma*, dem hochtrabenden und rachitischen, gerade mal acht Seiten starken offiziellen Organ der Kommunistischen Partei, die Existenz dieses Phänomens anerkannt wurde: noch nie hatte man in Kuba irgendetwas gegen irgendeinen Missstand unternommen, solange sich nicht – aus einem realen Grund oder wegen eines düsteren Staatsgeheimnisses, von dem die Bevölkerung keine Ahnung hatte – die Staatsgewalt in ihrem Gleichgewicht betroffen sah.

Er atmet tief ein, als eine kleine Brise vom Meer herüberweht, das tiefschwarz den Horizont säumt, und meint, es sei an der Zeit, sich dem Alltag der Familie anzuschließen. Vielleicht würde er dort die Ruhe finden, die er hier, auf der Dachterrasse, vergebens gesucht hat. »Mal sehen, was mir Rocco morgen bringt«, denkt er und kehrt der Stadt den Rücken.

Jetzt fehlt mir nur noch eine gute Kette, Väterchen, dann kann ich unseren Spanier am Fuß festbinden. Was glaubst du, was dein Freund Rocco ist? Ein erstklassiger Experte im Recherchieren. Und du weißt ja, in unserer kleinen Welt steht alles mit allem in Verbindung, es gibt keine freien Bindeglieder, wie es die Klugscheißer im Fernsehen nennen. Quatsch, es ist ein Spinnennetz, in dem jeder Faden an jeden anderen stößt, und dann nimmt er einen anderen Weg und führt zu einem anderen Ort, aber das Wichtigste, die Stelle, wo die Spinne mit dem Spinnen aufgehört hat, liegt genau in der Mitte, wie ein kleines Knäuel, genau da, wo fast immer die dümmsten Viecher landen. Also, Alex, jetzt spitz deine Ohren und lass dir nichts entgehen, was der große Rocco, der Superstar der Mudos, *herausgefunden hat.*

Von der dicken Zahira, die du gut kennst, wie sie mir selbst sagte, sie verdankt doch ihr Friseurgeschäft für jineteras *jener hübschen Summe, die du ihr vorgestreckt hast - von ihr also hab ich erfahren, dass die Geschäfte unseres Spaniers gar nicht auf Havanna beschränkt sind. Der Typ liefert auch Drogen nach Varadero und, wie sie von ihm selber gehört hat, sogar vom besten kubanischen Marihuana nach Puerto Plata, der Heimatstadt des dominikanischen Sän-*

gers Juan Luis Guerra. So weit ist alles ganz einfach, aber wer die Geschichte hört, der stellt sich bestimmt die Frage, die ich mir selber auch gestellt hab, nämlich woher zum Teufel diese Zahira so viel weiß, wenn sie nicht selber im Geschäft mitmischt. Es liegt auf der Hand, Väterchen: erinnerst du dich an Indira, die Schwester von Zahira, die im Palacio de las Convenciones gearbeitet hat? Also, die arbeitet schon seit einem Jahr als Küchenmädchen bei einer von diesen spanischen Firmen, die kubanische Musik-CDs im Ausland verkaufen und damit Millionen verdienen. Und in dieser Plattenfirma ist unser Spanier oft aufgetaucht, bis er sich eines Tages mit dem Chef zerstritten hat, der auch aus Spanien ist, und danach ist er nicht mehr gekommen. Aber gerade in der Firma hatte er unter den kubanischen Arbeitern ein paar spezielle Kontaktleute, die seine Drogen an Orten verkauft haben, wo die Preise besonders gut sind: das Cabaret Tropicana, der populäre Tanzsaal im La Tropical, wo saisonweise alle kubanischen Bands auftreten, auch wenn du das nicht auf dem Schirm hast, ich weiß ja, dass du von der Tanzerei nichts mehr wissen willst, und sie bringen dort den schlimmsten Pöbel von Havanna mit ihrer Musik in Stimmung. Indira hat also Zahira erzählt, dass das dicke Geschäft ansonsten in den Luxusdiskotheken läuft, wo der kleine Mann nicht reinkommt, der ehrlich von seinem Gehalt lebt. Der Eintritt wird in Dollars bezahlt, und wer sich das Vergnügen leisten kann, an diesen Orten die Hüften zu schwingen, sind jineteras, *Zuhälter, Ausländer und ein paar Söhnchen aus gutem Hause, also Jüngelchen, die das Glück haben, dass der Papa zu den Managern oder zur Regierung oder der Verwaltung gehört; bei uns nennt man das »Pack aus der neureichen Klasse«. Dort gibt's den Stoff zentnerweise. Das Rauschgift, meine ich: die Kellner verkaufen das Zeug selber, und einer von den kubanischen*

Kontaktleuten des Spaniers in der Firma, wo Indira arbeitet, war der Mittelsmann zu diesen Diskotheken.

Das ist das Eine, was ich rausgekriegt habe. Aber du hast mir ja gesagt, um mehr Informationen zu kriegen, sollte ich mich bei den Freunden von Ramiro, dem Fahrer, umhören; also bin ich diese Schiene gefahren. Manilo, einer von uns, also von den Mudos, *arbeitet in der Gegend von der Garage, wo Ramiro immer den Wagen einstellt; am gleichen Ort lassen auch die Chauffeure von einem ganzen Haufen ausländischer Firmen mit Sitz in Miramar ihre Kutschen. Ich hab ihm gesagt, dass ich alles über den Kerl wissen will. Und weißt du was? Manilo brauchte sich keine Mühe zu geben, um irgendwas rauszukriegen: die größten Klatschmäuler dieser Welt sind die Frauen und die Chauffeure. Die Frauen, weil sie es im Blut haben, in den Genen, wie es heute im Fernsehen heißt, und die Chauffeure, weil sie den lieben langen Tag auf ihre Herren Chefs warten müssen, und da fangen sie an, alles zu beobachten, hinter allem herzuschnüffeln, sich über alles Gedanken zu machen... und was am schlimmsten ist, über alles zu quatschen. Kurz und gut, Väterchen, was ein Chauffeur nicht weiß, das denkt er sich aus. Deshalb war es kein Problem: Manilo sagt, er kam an, und dass Ramiro nicht da sein kann, hat er ja gewusst, also sagt er, er sei ihm noch Geld von irgendeinem Geschäft schuldig, und sofort spitzen die Chauffeure, die da rumstehen, die Ohren, und ein paar von ihnen schlucken den Köder und fangen an zu quatschen. Manilo redet ihnen nach dem Mund, tut so, als wüsste er genau Bescheid, worüber sie sprechen, als wäre ihm das alles schon so bekannt, dass es für ihn belanglos ist. Nicht umsonst ist er einer der schlauesten Köpfe von den* Mudos. *Du glaubst es nicht, was ich da erfahren hab! Hier kommt's, in Kurzform, weil die Geschichte eigentlich viel länger ist. Du weißt ja, wenn du mehr Einzelheiten brauchst, kann ich sie dir liefern oder rauskriegen: der Spanier, dieser Francis, kommt jeden Monat nach Kuba, egal ob mit Verträgen seiner Firma oder nicht. So viel ich bis jetzt weiß, ist das eine Tarnung, ein Vorwand, damit seine Besuche keinen Verdacht erregen. Sie sagen auch, er sei mit dieser kleinen Nutte zusammen, die in El Vedado wohnt, weil er dadurch solide wirkt, seriös, also ein Geschäftmann, dem man trauen kann, aber in letzter Zeit hat man ihn viel zu oft mit dieser Zulema, Ramiros Schwester, gesehen, ein Geschnäbel und Geknutsche und so weiter, und das gleiche mit zwei Nutten aus der Calle Obispo in Alt Havanna, die »die Milchtröpfchen« heißen, weil sie Zwillinge sind und sich immer zusammen an die Touristen verkaufen, die am meisten für eine Nummer mit zwei süßen Schwesterchen bezahlen.*

Einer von den Chauffeuren hat Manilo erzählt, dass sich das Leben von dem Kerl ziemlich verändert hätte, seit er ihn zum ersten Mal gesehen hat: er kam in abgetragenen Anzügen, mit ziemlich alten Schuhen und war nicht so spendabel bei Crucito, dem Opa, der in der Garage die Autos bewacht. Heute, sagt er, gönnt sich Francis tolle Anzüge, 1-A-Qualität, in seinen Schuhen kannst du dich spiegeln, und die Trinkgelder, die er dem Wachmann zusteckt, sind ziemlich hoch, was Crucito selber bestätigt hat, auch wenn er nicht viel spricht, aber er war da, und Manilo sagt, er hätte genickt, mit glänzenden, weit aufgerissenen Augen und einem Gesicht wie »Genau so ist es, Compay!« Aber meinst du, das wäre alles, Väterchen? Ganz daneben! Einer von den Chauffeuren hat sich das alles mit angehört, mäuschenstill. Als Manilo ging, hat er ihm ein Zeichen gemacht, aber Manilo hat nicht kapiert und ging weiter, zurück in sein Viertel. Als er schon ziemlich weit weg ist von der Garage, weit genug, dass die anderen Chauffeure nichts mit-

kriegen können, da taucht plötzlich diese Staatskarosse auf: ein Mercedes Benz, dass ihm die Spucke wegbleibt. »Steig ein, Mann!« sagt der Chauffeur zu ihm, er steigt ein und sie fahren zu einem offenen Parkhaus, bei der mexikanischen Botschaft, zwanzig Häuserblocks von dort, wo sie sich vor einer Stunde begegnet sind.

Der Typ fängt an, ihn mit Fragen zu löchern, wie ein Maschinengewehr, ohne Luft zu holen, wie ein Besessener - wie zum Teufel er dazu käme, sich einfach so nach einem Mann zu erkundigen, der in tausenderlei schmutzige Geschäfte verwickelt sei. Manilo sagt, er sei sich nicht sicher, aber er hätte diesen Geruch von Scheiße gerochen, den er jedes Mal riecht, wenn ein Polizeispitzel vor seiner Nase vorbeischleicht, er ist schon ein alter Hase in dem Geschäft. Aber trotzdem hat er alles aus ihm rausgeholt, was er erwartet hat: dieser Francis ist verschwunden, und sie, die Chauffeure, wetten um alles Mögliche, dass ihn jemand weggeputzt, ich meine, ins Jenseits befördert hat: ein paar reichlich seltsame Schwarze sollen sich nach ihm erkundigt haben, und es war schon klar, dass sie kein Autogramm von ihm wollten. Ihre Killervisagen haben sie anscheinend schon von Weitem verraten. Und weißt du was? Der Typ wurde zutraulich und hat Sachen erzählt, nach denen Manilo gar nicht gefragt hat: dabei hatte er die Hosen gestrichen voll, weil der Spitzelgestank ihm die Luft zum Atmen nahm. Er dachte, am besten Maul halten und den Dummkopf spielen, damit er sich keinen Ärger einhandelt. Er hat sich auf die Zunge gebissen, der Schlaumeier. Dann hat er dem Chauffeur die Geschichte aufgetischt, die wir uns ausgedacht hatten, falls jemand Verdacht schöpft: Er würde Ramiro suchen, weil er schon vor einiger Zeit Geld von ihm gekriegt hätte, um ein Motorrad zu kaufen, und jetzt hätte er die Scheinchen beisammen und wollte seine Schul-

den begleichen. Und weißt du, was ihm der Chauffeur geantwortet hat, Väterchen? »Verschwinden Sie von hier, compadre*! Ramiro braucht Ihr Geld nicht.« Dann hat er ihm erklärt, Francis und Ramirito seien schon länger im Drogengeschäft. Und er hat ihn sogar angefahren: »Anderthalb Millionen kubanische Pesos haben die beim letzten Geschäft verdient,* compadre, *also behalten Sie Ihr Geld und kommen sie nicht wieder her, bei den beiden ist was oberfaul.« Er könnte auch nicht verstehen, wieso zum Teufel sich die beiden anderen Chauffeure getraut hätten, ihm, einem Unbekannten, alles das über Ramiro zu erzählen, denn zur Zeit seien alle in der Garage so verängstigt, dass sie geschworen hätten, keinem ein Wort über die Sache zu stecken.*

Zweite Erkenntnis, aus purer Lust am Rechnen, Väterchen: der Spanier steckt bis zum Arsch im Drogengeschäft drin und hat mir nichts dir nichts bei diesem Anderthalb-Millionen-Pesos-Deal fünfundfünfzigtausend grüne Dollarscheinchen verdient, der Kurs liegt bei siebenundzwanzig.

Und die dritte Erkenntnis: der Chauffeur hat mir erzählt, er könnte es zwar nicht beschwören, aber einmal hätte er klar und deutlich gehört, wie Ramiro zu Francis sagte, sie könnten fünfzigtausend Dollars machen, wenn sie die Ware unverschnitten verkauften, und das müsste ein anderer Deal gewesen sein, nicht der mit den anderthalb Millionen, meinte er; aber wenn sie den Stoff strecken würden, könnten hunderttausend drin sein. Wetten, du kommst nicht drauf, was ihm der Spanier geantwortet hat? Er sollte daran denken, dass er den Teil nicht verschneidet, den er, also Francis, nach Puerto Plata mitnehmen wollte, der dürfte nicht angerührt werden. Was sagst du jetzt? Siehst du, wie die Puzzlestücke zusammenpassen!

Nur noch eine Kleinigkeit, es reicht erst mal wieder, Menschenskind, nicht mal Sherlokolme schlägt mich als Detektiv: der große Schweinehund Francis hat Schwarzen nicht gerne Geld gegeben. Das hat mir Zahira bestätigt. Mit Ramiro und Francis haben noch zwei hellhäutige Mulatten zusammengearbeitet. Und meine Nase sagt mir, dass das zwei Lageristen oder Zwischenhändler sein müssen, also Typen, die die Ware verstecken, bis sie verkauft wird – oder comerciales, *wie das heute in kubanischen Unternehmen heißt. Für die beiden ist Ramiro zuständig; Francis kümmert sich nur um den Einkauf en gros, in großen Mengen.*

Jetzt der letzte Punkt, Väterchen - und das verrate ich dir, obwohl ich es eigentlich nicht wollte: Ich hab mich bei der Schnüffelei verausgabt und bis jetzt keine Spur gefunden. Du weißt ja, wie ich bin: ich mache meinen Job gerne gut und bringe ihn zu Ende. Und wenn du die Wahrheit wissen willst, ich bin ziemlich sauer. Und jetzt kommt das Letzte: diesen Typ, also den, der dem Spanier den Stoff verkauft, kennt in ganz Havanna kein Schwein. Ich bin losgegangen und wollte mich dort umhören, wo ich weiß, dass ich Informationen aus erster Hand kriege, wo man alles erfährt, was sich in diesem Geschäft tut. Scheiße war's! Der Typ arbeitet mit einer Bande von Schwarzen zusammen, von denen jeder einzelne schon eine Menge Jahre abgesessen hat. Sie heißen im Volksmund Bestias de la Noche, *»Bestien der Nacht«. Wie in einem Krimi deines Freundes Marqués, findest du nicht? Und obwohl ich die Information an zwei verschiedenen Orten erhielt, hab ich gewusst, dass sie zusammengehören: im* solar *»La Corea« in Centro Habana hat mir eine Nutte, eine Freundin von den »Milchtröpfchen« erzählt, der Spanier, mit dem sie auch gefickt hat, hätte sich mit dem Chef einer Bande von Schwarzen unterhalten, die als* Bestias *bekannt seien. Der Häuptling,* *der oberste Chef von den* Bestias, *hieße Milton, sagt sie. Ein rothäutiger Mischling von der Sorte, die sogar am Arsch noch Sommersprossen hat, und rote Haare. So hat sie ihn mir beschrieben. Ach ja, und er hat ein Ohr ab. Das war das Erste. Und das Zweite: mir ist eingefallen, dass Zahira mir bei unserem Gespräch gesagt hat, ihre Schwester hätte ihr von einem Besuch von Francis in der Firma erzählt, wo sie arbeitet. Der Spanier wäre damals mit einem rothäutigen Mischling aufgetaucht, den er als Milton vorgestellt hätte, gerade als sie den Kaffee auf dem Couchtisch im Büro des Geschäftsführers servieren musste. Hast du auf diese Einzelheit geachtet: als sie von diesem Milton spricht, benutzt sie den gleichen Ausdruck wie die Nutte aus »La Corea«: »...der hat sogar am Arsch noch Sommersprossen«. Und noch was: ihr ist aufgefallen, dass dem ein Ohr gefehlt hat. Ich glaube nicht an Zufälle, Väterchen, du vielleicht?*

SECHS

Modesto macht dem Namen alle Ehre, den ihm seine Eltern gegeben haben: obwohl alles, was es in seinem Haus gibt - Möbel, Kunstgegenstände, Vorhänge, Elektrogeräte – den Gedanken nahe legt, dass er großen Wert auf Komfort und einen gewissen Luxus legt, ist er ein Mensch, der seinen hohen Lebensstandard und die Erleichterungen, die er dank seiner Arbeit in der Tourismusbranche genießt, nicht zur Schau trägt. Er ist so schwarz, dass Alain sagen würde, »neben dem wirkt sogar die Dunkelheit blass«. Er sitzt im winzigen Wohnzimmer seines Hauses, in Bermudas und Adidasschuhen, und raucht eine dicke Cohíba Lancero. Alex hat ihm eine Frage gestellt und wartet auf die Antwort, während er diskret, vorsichtig seine Augen durchs Zimmer wandern lässt und das einzige Detail betrachtet, das nicht zum guten Geschmack der Einrichtung passt: ein Bild von Fidel, der den Rauch seiner Zigarre in die Luft bläst.

Er weiß, dass Modesto Kommunist ist, ein seltenes Exemplar, das mitten im XXI. Jahrhundert Vernichtung und Ausrottung durch Tod, Enttäuschung oder Mutlosigkeit überlebt hat und an eine bessere Zukunft glaubt, wenn einst der Kommunismus die Erde beherrscht. Es hatte ihm nicht gefallen, einen Mann hinters Licht zu führen, der so anständig ist: eine weitere Spezies, die im Begriff stand, sich aus einer Welt zu verabschieden, die immer weniger Anstand und Moral besaß.

Aber Guillermo hatte gemeint: «Es lohnt sich auf keinen Fall, Väterchen! Wenn du ihm mit der Wahrheit kommst, sagt er kein Wort«, und so hatte er beschlossen, sich ein Cover zuzulegen, wie die Drehbuchautoren der Spionageserien im Fernsehen sagen würden; er, Alex Varga, würde als Offizier der SDE, der Staatssicherheit, auftreten und Erkundungen über gewisse schmutzige Geschichten einziehen, die in der letzten Zeit im Hotel NH Parque Central vor sich gingen.

Er grinste, als er den Agentenausweis in Händen hielt, und freute sich über das Kürzel SDE und die Perfektion dieses Dokumentes, das einer seiner Jungs gefälscht hatte, ein Computerfreak, der sogar in der Lage war, Rechnungen auf alt zu trimmen und jede gewünschte Handschrift zu imitieren, und der noch andere, sehr nützliche Künste beherrschte, für die viele Leute ohne Widerworte ihr Geld herausrückten. »Ich mach das für dich, Alex, man nennt mich nicht umsonst den digitalen Zauberer.« Er hatte die Fälschung in weniger als sechs Stunden fertiggestellt, und die Wartezeit hatte Alex im Gespräch mit Guillermo verbracht und mit ihm überlegt, was wohl die unverdächtigste Art wäre, Modesto anzusprechen.

Guillermo kannte er schon von klein auf: er war im selben Häuserblock geboren und groß geworden, in dem Alex jetzt wohnte. Schon als er kaum elf Jahre alt war, hatte Alex Orakel gespielt und seiner Mutter die Zukunft des Jungen vorhergesagt: »Er wird Karriere machen, Aparicia, machen Sie sich keine Sorgen! Ihr Sohn hat ein großes Talent fürs Geschäftliche.« Da es eines seiner Laster war, alles zu beobachten, hatte er die Gewohnheit angenommen, den kleinen Jungen zuzuschauen, zu hören, was sie sagten, und ihr Verhalten zu analysieren; dabei versuchte er stets zu erraten, was einmal aus ihnen werden würde. Selten hatte er sich geirrt. Und bei Guillermo hatte er genau ins Schwarze getroffen. Nach einem Jurastudium und einem Aufbaustudium in Mexiko erzählte er ihm stolz von seiner neuen Stellung als stellvertretender Geschäftsführer eines Hotels in Varadero. Am meisten schätzte Alex an ihm seine Verbundenheit mit dem Viertel und seinen Respekt vor den ungeschriebenen Gesetzen, die seit vielen Jahren das Überleben seiner Leute garantiert hatten. Und das Wichtigste: er förderte das Leben in seinem Viertel. Oft waren seine ausländischen Gäste, Geschäftsleute in der Touristikbranche, Unternehmer mit oder ohne Wohnsitz in Kuba auf der Suche nach Dingen, die der Schwarzmarkt billiger anbot als die staatlichen Geschäfte. Hier setzte Guillermos Hilfe für seine Leute an: den seriösesten, zuverlässigsten und qualitätsbewusstesten Schwarzhändlern für Rum, Zigarren und kubanische Musik verschaffte er eine gute, zumeist feste Kundschaft, denn Guillermo erzählte den Kauflustigen stets von den guten Einkaufsmöglichkeiten in seinem Viertel.

Alex schätzte seine Treue. Obwohl er ihn nicht in die dunklen Geschicke hineinziehen wollte, die ihn zwangen, dem Gesetz des Viertels Achtung zu verschaffen, musste er das eine oder andere Mal auf Guillermos Hilfe zurückgreifen, und der junge Mann tat stets mit geschlossenen Augen und ohne viele Fragen zu stellen, was er von ihm erwartete.

»Egal, wie hoch ich aufsteige, Väterchen, ich bleibe immer derselbe«, sagte er einmal zu ihm, als Alex sich für seine Hilfe bedanken wollte. »Mich ärgert es, dass Leute, die Karriere machen, denen den Rücken kehren, die ihnen geholfen haben, groß zu werden. Das ist mein Viertel und das sind meine Leute. Das vergesse ich nie.«

Für ihn war klar, dass keiner von außerhalb so für seine Leute kämpfen würde wie er selbst, der hier geboren war. Leider, sagte sich Alex dann, wurden die Leute mit jedem Tag weniger, die so dachten. »Eins steht fest, Väterchen: seinen Ursprüngen treu bleiben ist der direkteste Weg zu dem, was viele von uns anstreben: man selbst zu sein. Ich wäre als menschliches Wesen ein Nichts, wenn ich den Ort verraten oder vergessen würde, wo ich das geworden bin, was ich bin«, erklärte er, und dieser Worte wegen sprach Alex stets mit einer ungewöhnlichen Mischung aus Zuneigung, Bewunderung und Respekt von ihm.

»Sein Name ist Francis Rulls. Kennst du ihn?« ist die Frage, die er Modesto vor wenigen Minuten gestellt hat.

Der Mann nickt nach einigen Zügen aus seiner Zigarre, bevor er antwortet. Er ist vielleicht zweiundfünfzig Jahre alt, obwohl er jünger aussieht. Er setzt sich bequem, schlägt die Beine übereinander und betrachtet das Bild von Fidel; vielleicht möchte er, mit einem gewissen theatralischen Stolz, Alex die Ähnlichkeit nahe bringen, die zwischen ihm und seinem Gott besteht, zumindest was das Ausstoßen von Rauchwolken angeht.

»Um ein Haar hätte ich das Schwein erwischt«, sagt er.

»Um ein Haar?« fragt Alex nach.

Der Spanier habe zu verschiedenen Angestellten gesagt, er komme regelmäßig in dieses Hotel, »weil ihr Kubaner zwar viele Hotels habt, aber selten so gut für einen sorgt wie hier.« Die Sicherheitsleute hätten sich an seine häufige Anwesenheit gewöhnt und wüssten, welche Tische er im Restaurant oder im reservierten Bereich bevorzugte, in welchen Sesseln er in der großen Lobby saß, welche Drinks er an der Bar nahm und sogar, welche Blümchen ihm gefielen.

»Er liebte den Whisky in einem großen Glas und mit viel Eis«, präzisiert Modesto, »ach ja, und natürlich die Mulattinnen.«

Das sei wie eine Krankheit bei den Spaniern: ihre Begeisterung für die Mulattinnen, vielleicht, weil das die beste Idee der Conquistadores gewesen sei, sich mit den schwarzen Sklavinnen einzulassen. Die Mulattin mit ihrer vollkommenen

Figur, ihren großen, festen Hinterbacken, schönen Beinen, wohlgeformten Brüsten, dem Gesicht einer Göttin und feurig im Bett »ist auf dem heutigen Markt das am höchstdotierte kubanische Produkt, obwohl es schmerzlich ist, das zu sagen«, urteilt Modesto.

»Ein Spanier, der die Frauen nicht liebt, ist schwerer zu finden als ein Tropfen Süßwasser im Meer«, fügt er hinzu. Er grinst wie ein typischer kubanischer Macho: lüstern und schelmisch, und nimmt wieder einen Zug aus der Zigarre, nicht ohne zuvor nachzusehen, ob sie noch rundum gut brennt.

Damit hätten eines Abends die Probleme begonnen: es habe im Hotel einen Skandal gegeben, mit einer der Nutten, «die so ein blöder Portier zu ihm aufs Zimmer gelassen hat«, sagt er, ohne seine Empörung zu verbergen.

»Das Mädchen war vollgepumpt mit Drogen und kam nackt herunter in die Halle. Stellen Sie sich den Skandal vor: mitten in der Halle steht ein großer, gemauerter Blumenkasten mit einem kleinen Springbrunnen, sie meint, das sei die Toilette, hockt sich hin und lässt einen mächtigen Strahl ab, bis sie von uns mitgenommen wird.«

Er habe am folgenden Tag eine Beschwerde eingereicht, aber nie eine Reaktion bekommen. »Auf gut kubanisch heißt das, sie haben die Sache unter den Teppich gekehrt«, und das habe ihn ziemlich empört. »Ich mache mir das Leben schwer, weil ich dafür kämpfe, dass unser Land vorwärts kommt, und dann muss ich mir gefallen lassen, dass mich die Chefs für ein paar lumpige Pesos im Regen stehen lassen.«

Die Krawalle seien weiter gegangen: Der Mann nahm Nutten mit nach oben und feierte Partys, in dem Apartment, das immer für ihn reserviert war: eine riesige Suite, wo er Orgien mit Sex, Drogen und Alkohol feierte, aber nichts geschah: anscheinend hatte es in diesem Hotel aus dem Sprinkler Geld geregnet, damit alles nach seinen Wünschen ging, und ein Rädchen griff ins andere, alles bestens geschmiert. »Bis auf mich, das schwör ich dir, Bruder!« Ansonsten habe keiner Anstoß an den Besuchen von Francis genommen.

»Mit dem toten Mädchen hätte ich ihn fast am Haken gehabt«, fährt er fort, und Alex unterbricht ihn mit einer Handbewegung.

»Eine Tote, sagst du?« Er will es wissen, denkt, es sei vielleicht Zulema: laut Autopsie war sie die erste, die man ins Jenseits befördert hatte.

Eines Tages habe er früh morgens eine Streife gerufen, um drei *jineteras* mitzunehmen, die versucht hätten, ins Hotel zu gelangen, als Begleiterinnen von amerikanischen Touristen, die »trotz aller Gesetze, Blockade, Beschränkung der Reisefreiheit und Androhung höchster Geldstrafen seitens der Yankeeregierung ständig in Havanna auftauchen«, und dann habe er gesehen, wie einer seiner Kollegen von der Sicherheit mit einem Mädchen auf den Armen aus dem Hotel gekommen sei, »etwa sechzehn Jahre alt, weiß und sehr hübsch, ich weiß es noch genau.« Er konnte beobachten, wie er sie in ein Taxi bugsierte; es kostete ihn ziemliche Mühe, bis er sie auf der Rückbank platziert hatte, sie schlief anscheinend oder war betrunken. Stunden später, beim Schichtwechsel, sprach er seinen Kollegen darauf an, ohne Hintergedanken, »einfach so, nur, um an den Ereignissen teilzunehmen, die selten mal die Monotonie unserer Dienste unterbrechen«, und bekam eine ziemlich schroffe Antwort, allzu ausweichend, um nicht Verdacht zu schöpfen. Deshalb gab er ihm den guten Rat: »Sei vorsichtig, Zamora, du wirst dir noch die Finger verbrennen, hier gehen seltsame Dinge vor.« Der als Zamora Angesprochene plusterte sich auf und erklärte ihm, wobei er die Wörter einzeln und überdeutlich aussprach, wie um sich Modesto besser verständlich zu machen: »Schau mal, Kollege, was hier passiert, geht weder dich noch mich etwas an. Ich kassiere und gehorche.« Damit fuhr er fort, sich umzuziehen, bis er in Zivilkleidung dastand. Dann wandte er sich in anderem Ton an Modesto, gesprächsbereit, aber immer noch kränkend: »Wenn du schon von Kollege zu Kollege mit mir sprichst, will ich es auch tun... ich mach dir einen Vorschlag: lass die Finger von deinem Kommunismus! Du lässt dir ein schönes wöchentliches Zubrot entgehen, schwarz und bar auf die Kralle, weil du dich mit diesem politischen Quatsch abgibst.« Modesto zog es vor, nicht zu antworten.

Tage später erfuhr er aus dem Mund eines Hausmeisters, was vorgefallen war: das Mädchen war an einer Überdosis gestorben. »Sie ist mir unter den Händen gestorben, Modesto«, erzählte er. »Eine *jinetera*, fast noch ein Kind, stank aus Mund und Nase nach Drogen. Es war ekelhaft.« Er habe nichts machen können. Sie habe um Hilfe gerufen, aber als er ins Zimmer kam, sei schon alles zu spät gewesen. Er habe sie keine zwei Minuten in den Armen gehalten, da sei Zamora gekommen und habe sie weggebracht.

»Was meinst du, wie weit sind die Leute schon korrupt?« sagt Alex.

»Bis zu welchem Grad? Ist es das, was du wissen willst?«

Alex nickt, und er macht die typische Geste, die heißt, dass man nichts sicher sagen kann. Er hat aufgehört zu rauchen, die Zigarre qualmt auf dem Aschenbecher aus schwarzem Marmor und schickt eine feine, wohlriechende Rauchsäule zur Decke.

»Ich glaube, und das gilt für eine Menge Hotels, dass sich alle taub und blind stellen«, erklärt er. »Die einen, weil man sie schmiert, damit sie den Schnabel halten; die anderen, weil sie meinen, der Kampf gegen diese Scheiße sei vergebens; aber nicht alle sind so. Auch wenn es nicht so aussieht, bei uns gibt's noch eine Menge anständige Leute, *hermano*.«

Alex weiß das. Obwohl das Land schon ein alter verfaulter Baumstamm ist - er selbst hat Beweise, dass immer noch viele Menschen mit blinder Hartnäckigkeit, ja Wut, für den Traum, die Hoffnung kämpfen, dass alles besser werden kann und muss. Das ist es, was Modesto in einer kuriosen Mischung aus Stolz und Scham meint: mit dem Stolz eines Mannes, der glaubt, das Richtige tun sei der beste Weg, um die Dinge ins Lot zu bringen, und mit der Scham dessen, der die Augen nicht vor der Realität verschließen kann, dass die korrupten Menschen einer zunehmenden Mehrheit angehören.

»Und der Kerl kam bloß wegen dieser Orgien?«

Modesto nickt rasch und schürzt dabei die Lippen in einer merkwürdigen, komischen Grimasse. Er will etwas sagen, aber die einzige Tür des Zimmers, die es offensichtlich mit dem Rest des Hauses verbindet, öffnet sich, und herein kommt eine dicke alte Frau mit langen Beinen, von denen eins verbunden ist, um die aufgeplatzten Geschwüre zu schützen. Sie hinkt herbei und bringt zwei Tassen Kaffee auf einem Metalltablett. Alex bedient sich und dankt der Frau mit höflichem Lächeln.

»Meine Mutter«, erklärt Modesto. »Um diese Zeit sind meine Frau und die beiden Jungs nicht zu Hause.«

Er bedeutet ihr, das Tablett auf ein Tischchen an der Wohnzimmerwand zu stellen und zu gehen.

»Ich hab ihr gesagt, du bist einer von meinen Arbeitskollegen, der mich besuchen kommt«, sagt er und lächelt komplizenhaft.

Alex lächelt ebenfalls. Es war für ihn ein Leichtes gewesen, das Haus zu finden, sich mit seinem Ausweis vorzustellen und ihn zu bitten, die Dinge absolut vertraulich zu behandeln, über die sie sprechen würden. Jener Held, den alle Kubaner in sich tragen, und die Zuversicht, dass die vielen Gesetzesverstöße in seinem Hotel von den Personen, »die wie wir wirklich für dieses Land kämpfen«, nicht ignoriert würden, sorgten dafür, dass Modesto anbiss und Alex als Offizier der Staatssicherheit akzeptierte.

»Er hat sich mit vielen hochrangigen Leuten getroffen«, sagt er mit leiser Stimme und nähert sein Gesicht in konspirativer Pose.

Im Allgemeinen hätten sie den Konferenzsaal des Hotels genutzt, obwohl Francis öfter einen der reservierten Tische im Restaurant bevorzugt habe, wo er seine Kunden zum Essen einladen konnte, während sie sich unterhielten, und man von den Leuten, die die Halle betraten, nicht gesehen wurde. Die Halle habe er ebenfalls als Verhandlungsort genutzt, wenn auch weniger häufig.

»Führte er diese Gespräche immer allein?« wirft Alex ein und schaut ihn direkt an, in Erwartung einer Antwort, die er praktisch schon kennt.

»Keineswegs, *hermano*!« antwortet Modesto. »Er war nie allein. Er kam immer zusammen mit einem Weißen, Rafael, Ramiro oder Ricardo, ich weiß nicht mehr genau, das war seine rechte Hand, der Bursche, der die Papiere dabei hatte und solche Dinge...«

»Ist er nie mit einem kupferfarbenen Mischling aufgetaucht, einem Kerl mit roten Haaren?« versucht er zu präzisieren und sieht, wie der andere nickt, ohne zu zögern, wieder mit dieser komischen Grimasse, die ihm wie eine Maske am Gesicht klebt.

»Also, der kam immer in einem superteuren Wagen, unbeschreiblich, *hermano*«, fängt er an, sichtlich zufrieden, dem angeblichen Offizier eine Information geben zu können, die ihn sehr interessieren wird. »Und er hatte eine Menge Geld, es war immer er, der bezahlt hat, und zwar mit Kreditkarten... nie mit losen Scheinen.«

Es war unmöglich, sich nicht an ihn zu erinnern. »Wer einen fast rothäutigen Mischling sieht, voller Sommersprossen, mit flammend rotem Haar und nur einem Ohr, und sich später nicht an ihn erinnert, der ist behindert, aber mit ganz großen Buchstaben geschrieben, ein Nobelpreisträger der Behinderung.«

»Und er heißt Milton«, fügt er hinzu, lächelnd, stolz, einen weiteren Hinweis beisteuern zu können, den er für einzigartig hält. Erst jetzt nimmt er die Zigarre wieder auf, um daran zu ziehen, wie man an der Form der Lippen sieht, die sich ihr nähern. »Der Spanier hat ihn ein paar Mal so genannt: Milton. Der Sommersprossige heißt Milton.«

Sechs Monate hat sich unser Spanier nicht in Havanna blicken lassen, Väterchen, sechs ganze Monate. Das ist ziemlich komisch. Stell dir vor, alle Welt hat sich gewundert, dass er nicht kommt, und da gingen die Fragen los, die Vermutungen, die Gerüchte und die Angst, dass er nie mehr mit seiner Ware hier landet.

Die Dealer, die er mit Stoff versorgt hat, weißt du, die sind beinahe durchgedreht: es gibt keinen, der so guten Stoff zu so einem guten Preis verkauft wie Francis. Als ich das gehört hab, kam mir auch der Verdacht, dass die Geschichte stinkt, wie wir hier sagen. Ich bin dann als erstes zu zwei Dealern gegangen, die feste Abnehmer von Francis sind, also zum Hauptbahnhof, dort in den Park, wo sich die Leute hinsetzen und warten, bis ihr Zug irgendwann Lust hat abzufahren. Genau da hab ich eine gute Information gekriegt. Du kennst das ja: wenn einem das Wasser bis zum Hals steht, quatscht man wie ein Buch. Darum braucht man für dieses Geschäft gute Nerven, Nerven wie Drahtseile, und ganze Wagenladungen Geduld und Beherrschung.

In dem kleinen Park arbeitet ein perchero, *eine »Garderobe«, also ein kleiner Dealer, der die Drogen in seinen Klamotten versteckt hat, in den Stiefeln, in einem breiten Gürtel oder in den inneren Jackentaschen. Die sind immer billig. Die Leute mit wenig Kohle gehen zu denen, weil sie wissen, dass sie dort sogar Konfuzius kriegen, also die Droge, die in Kuba erfunden wurde, mit Amphetaminen, Plastik und getrockneter Pferdescheiße. Irgendein Dummschwätzer hat es so genannt, weil, wenn du es schießt oder einwirfst – es gibt zwei Arten, flüssig und als Pulver – dann fängst du an, tonnenweise Scheiße zu labern. Es heißt Konfuzius nach diesem Chinesen, der anscheinend verrückter war als eine Ziege und sich den ganzen philosophischen Quark ausgedacht hat, wegen dem die Chinesen so komische Vögel sind. Manche sagen auch, dass es so heißt, weil man nie weiß, was man da eigentlich nimmt: am einen Tag machen sie es nach der einen Methode, am anderen Tag nach einer anderen, es ist nie der gleiche Stoff: deshalb Konfuzius, von wegen konfus, verstehst du?*

Der perchero *hat den Spitznamen* Matraca, *die Ratsche. Und es ist ein Elend, Väterchen, der Kubaner macht sich noch über die eigene Mutter lustig, wenn's drauf ankommt. Als ich mich mit ihm unterhalten hab, merk ich, wieso er den Spitznamen hat: er hat den Tick, dass er immer den Kopf nach einer Seite wirft, und jedes Mal, wenn er das tut, macht der Knochen oder was da drin im Hals ist »Krick Krack«, genau wie das Kinderspielzeug, das die Kinder von reichen Leuten zum Geburtstag kriegen, damit sie ordentlich Krach machen können, sowas heißt hier bei uns* matraca.

Das ist vielleicht ein Schwatzmaul! Eins von den ganz großen: wenn der ein altes Weib wäre, könnte er die Weltmeisterschaft der Illustren Klatschtanten gewinnen.

In nicht mal einer Stunde, stell dir das vor, in den vielleicht vierzig Minuten, die wir den Schwatzlappen gewetzt haben, hab ich eine Menge Dinge erfahren, die ich auf andere Art nie rausgekriegt hätte, außer durch ein Wunder. Aber wie du siehst, etwas hat mir den Weg gezeigt und mir ins Ohr geflüstert: Rocco, saus mal rüber in den Park am Hauptbahnhof; dort findest du das Huhn mit der goldenen Zunge. Und ich hab's gefunden!

Matraca war stinksauer. »Seit sechs Monaten, brother, *seit sechs Monaten muss ich ständig meinen Hals riskieren, um den Stoff ranzuschaffen, den uns sonst immer der* gallego *verkauft hat!« Ich konnte es nicht lassen, ich musste lachen. Und als ich gelacht hab, ist er zutraulicher geworden. Dass er* »gallego« *gesagt hat, daran hab ich erkannt, dass er aus dem Oriente stammt. Hier in Havanna, mit den vielen Touristen aus Spanien, hat sich das in letzter Zeit verloren, aber auch hier haben die Spanier seit Jahrhunderten* gallegos *geheißen, Galizier, egal aus welchem Teil des Großen Mutterlandes sie kamen. Die* jineteras *haben jetzt angefangen, sie »Pepe« zu nennen, die Kurzform von José, vielleicht haben sie im Umgang mit ihnen die absolute Wahrheit entdeckt, dass unglaublich viele Spanier José heißen, und die Leute haben es ihnen nachgemacht und vergessen, dass das früher die* gallegos *waren. Wenn dir eine Nutte erzählt, dass sie mit zwei Spaniern zusammen war, sagt sie: »Ich hatte zwei Pepes«. Und allmählich nennt man sie überall so. Aber die aus dem Oriente, die hier in der Hauptstadt ihr Geld verdienen wollen, sagen immer noch so. »Und wegen diesem beschissenen* gallego *hab ich eine Menge Kunden verloren, die gehen jetzt zu den Idioten, die ihren Stoff am Kapitol verkaufen.« So hat er gesagt.*

Und dann, Väterchen, dann wollte Matraca natürlich wissen, ob der Spanier wiederkommt, und er hat mir zwar keine Einzelheiten erzählt, aber er hat rausgelassen, dass der Typ wohl abgetaucht sei wegen einer Schweinerei, die beim letzten Einkauf passiert ist. »Scheiße, brother, *die haben gesagt, ich soll mir eine andere Quelle suchen. Der* gallego *hätte bei einem Geschäft bescheißen wollen und sie hätten ihm Rache geschworen. Einfach gesagt, Alex: Francis hat einen von denen, die ihm den Stoff verkaufen, aufs Kreuz gelegt, und sich jetzt in Luft aufgelöst, also, er hat einen ganz langen Schuh gemacht, wie wir hier sagen. Deshalb hat dir die Nutte aus El Vedado auch erzählt, ihr Mann hätte geschäftlich in Panama zu tun und könnte nicht herkommen. Der hat verzweifelt ein Mauseloch gesucht, damit sie ihn nicht doch noch erwischen. Ich weiß nicht, wer, also, wen er aufs Kreuz gelegt hat, aber das Ergebnis ist beschissen genug, Väterchen; dieser Francis hat sogar ein paar Leichen am Hals, wenn das stimmt, was Matraca mir erzählt hat.*

Der gleiche Kumpel, der ihm geraten hat, er soll sich nach einer anderen Quelle umsehen, hat ihn auch gewarnt, er sollte seine lange Nase nicht in diese Scheiße stecken, sonst könnte er selber mit Scheiße beschmiert werden. Und er hat ihm gesteckt, dass einer von den beiden Kerlen, die ständig mit Francis zusammen waren - du weißt schon, die beiden Beinahe-Weißen - mit einer Verzierung am Hals gefunden worden sei, im Zimmer von der Nutte, die er immer gevögelt hat, drüben in Centro Habana, bei der Spanischen Botschaft. Sie haben ihm ein blutiges Halsband um die Kehle gelegt, Väterchen: den Kopf haben sie ihm beinah abgeschnitten, der Schnitt hat den Knochen fast durchtrennt, den man da hat, die Luftröhre, sagt man nicht so? Ach ja, und das Mädchen haben sie gleich mit umgelegt. Die Polizei hat die Leichen nackt rausgetragen, sieht so aus, als hätte der Mörder sie mitten im schönsten Liebesglück erwischt. Die Nutte hat eine Kugel in die Brust gekriegt, in der linken Brust hatte sie ein schwarzes Loch, wo die Brustwarze war. Die Bullen ha-

ben alles durchsucht und Juwelen gefunden, Spritzen für die Dröhnung und eine Menge Dollars in Paketen, die der Weiße in einem Loch im Boden versteckt hatte; und weißt du was, Väterchen? Der Mörder hat sie nicht gefunden, und die Polizei hat sie auch nur durch Zufall entdeckt: das Blut von dem Kerl hat sich in einer Lache am Boden gesammelt, und als sie den »Tatort«, wie die Bullen das nennen, sauber gemacht haben, ist die Bodenfliese weggerutscht, und erst jetzt kam das Versteck zum Vorschein!

Das war der eine. Der andere hat sich auf die blödeste Art, die es gibt, erwischen lassen. So saublöd, dass alle meinen, er ist verpfiffen worden. Vor allem, wenn man bedenkt, dass in unseren Vierteln Zank und Streit auf der Straße zum Alltag gehören, also, das ist wie von Natur aus so; ohne diese Streitereien wären unsere Viertel nicht das, was sie sind, und das gehört genau so dazu wie die Nutten, die sich hier in Centro Habana anders in die Türrahmen und Hofeinfahrten lehnen, und sogar die Art, wie die Schlägertypen an den Ecken stehen, als wollten sie ihr Gebiet abstecken, ist anders als anderswo. Wie Matraca sagt, hat der Streit dort im Park am Hauptbahnhof angefangen. Niemand weiß warum. Sie erinnern sich nur an die Schimpfwörter, die sie sich gegenseitig an den Kopf geworfen haben: der Bodyguard von Francis und zwei Schwarze. Und das voller Wut, Väterchen, und ohne jeden Anstand, es war ihnen ganz egal, dass da Leute zuschauten und alles mit anhörten. Der Hellhäutige wusste anscheinend schon, dass sein Kollege im Jenseits mit der Parze tanzt, und hat den beiden Schwarzen vorgeworfen, nicht sehr laut, aber so, dass es jeder hören konnte, dass er wahrscheinlich wegen der miesen Qualität von dem Stoff, den sie von Milton gekriegt hätten, hopps gegangen ist. Siehst du: damit war klar, dass sie diesen Milton gut gekannt haben, wenigstens dem Namen nach, und

Matraca und seine Jungs haben mir wieder die gleiche Beschreibung gegeben: die Haare rot wie die russische Fahne, voller Sommersprossen und ein Ohr ab.

Aber weiter mit dem Streit. Was der Hellhäutige da gesagt hat, das hat mir Kopfzerbrechen gemacht: entweder hat er wirklich nicht gewusst, dass es Ramiro und Francis waren, die den Stoff gestreckt haben, um mehr Geld zu kriegen, oder er wollte den Dealern dort im Park nur weismachen, dass Milton an der miesen Qualität von den Drogen Schuld sei, denn der Streit ging ja zwischen ihm und den beiden Schwarzen, aber die ganzen Dealer hingen in der Nähe rum und sperrten die Lauscher auf. Es war also vielleicht nur Theater, mit dem er sich bei den anderen einschleimen und sie von dem Verdacht abbringen wollte, dass es die Idee von Francis war, die mieseste Kamelscheiße zu verkaufen; aber ich weiß es nicht hundertprozentig. Matraca meint, so, wie sich der Weiße aufgespielt hat, gibt es zwei Möglichkeiten: entweder er hätte wirklich nichts gewusst, oder er wäre ein besserer Schauspieler als Robert de Niro...

Bei dem Streit kam der Moment - achte auf dieses Detail, Väterchen! - an dem der Hellhäutige den beiden Schwarzen drohte, sie würden diesem »Hund ohne Ohren« nie mehr was abkaufen, der würde »noch die Sommersprossen auf seinen Eiern verkaufen müssen, um an Geld zu kommen... wir erzählen es überall weiter, was für eine Schweinerei er da verkauft.« Die Schwarzen, laut Matraca welche von den Bestias, *wollten auf den Hellhäutigen los, aber ein paar von den Dealern sind dazwischen gegangen. Das war ihnen zu viel Aufsehen. Als sie sie voneinander getrennt haben, fing der Weißling wieder an zu schimpfen, diesmal ziemlich laut: »Und damit ihr's nur wisst: für die letzte Lieferung gibt's nix, der Chef zahlt keinen Cent mehr an diesen Hurensohn!« Wie findest du das?*

Das Merkwürdigste ist - und hier wird die Sache wirklich seltsam - dass die Schwarzen plötzlich verschwunden sind wie der Geist aus Aladins Wunderlampe, und in dem Moment, als der Weiße gehen will, tauchen zwei Streifenpolizisten auf, schnappen ihn sich und nehmen ihn mit.

Aber es kommt noch toller, Väterchen, hör zu! Alle Welt weiß, dass man in den Zellen bei den Bullen, auf der Wache, die Schnürsenkel und den Gürtel abgenommen kriegt, und auch sonst alles, mit dem du dich aufhängen oder dir die Pulsadern aufschneiden kannst. Das heißt, sie nehmen dir jede Möglichkeit, den harten Macker zu spielen und dich vor der Strafe zu drücken, indem du dich umbringst. Und weißt du was? Der Typ war tot, als man ihn gefunden hat, die Zunge hing ihm zwei Ellen lang raus, und er selbst hing an einem Deckenbalken, an so ner dicken Nylonschnur, wie man sie braucht, um große Fische zu angeln. Die Sache wurde totgeschwiegen. Bis heute hat man nicht rausgekriegt, wie zum Teufel die Schnur da reingekommen ist. Und dann ist sogar »ganz zufällig« ein Polizist im Park aufgetaucht - damit gehen die Merkwürdigkeiten weiter, Väterchen! - und hat rumerzählt, der Hellhäutige wäre ihnen abgehauen, bevor sie auf die Wache gekommen seien, und das mit dem Aufhängen sei dummes Gewäsch von der Straße. Absichtliche Desinformation, glaubst du nicht? Die schicken den Bullen hin und lassen ihn dieses Märchen verbreiten, damit die Leute in eine andere Richtung denken und der Tote nicht an ihnen hängen bleibt. Natürlich wird trotzdem alles bekannt: die Nachricht vom Selbstmord ist aus der Wache selbst nach draußen gegangen. Und zwar aus einer sicheren Quelle.

Matraca weiß nichts Genaueres, aber ein Informant, du kennst das ja, einer von diesen Typen, die auf dem Schwarzmarkt tun und lassen können, was sie wollen, weil sie von der Polizei gedeckt werden, unter der Bedingung, dass sie die anderen denunzieren; gegen solche Plagegeister kann man nichts machen, wenn man den geschwätzigen Arschlöchern den Kopf abreißt, fällt die Polizei über dich her wie ein Erdbeben; dieser Spitzel also hat im Park verbreitet, es sei ein Exempel gewesen, zur Abschreckung. Was für eine Art Exempel, hat er nicht näher erklärt, auch nicht, wer dahinter steckt. Aber er hat es gesagt. Deshalb und wegen der Art und Weise, wie die Streifenpolizisten plötzlich aufgetaucht sind, meinen die Leute, dass der Kerl verpfiffen wurde.

Und genau, wie du schon vermutet hast, Väterchen: ich hab erfahren, dass der Chef der Bestias, dieser Milton, nicht in Kuba lebt. Matraca weiß nicht mehr. Also hab ich mich umgehört, ganz vorsichtig, weil die Kacke dort ziemlich am Dampfen ist wegen dem Ärger mit den Verhaftungen von Dealern, aber keiner konnte mir genau sagen, wo die Sommersprosse herkommt. Er ist Kubaner, das schon. Und er kann rein und raus, wie er lustig ist. Jeden Monat kommt er für eine Woche nach Havanna, und nebenbei besucht er seine Familie, die von weit her kommt, aus Chivirico glaub ich, aus der Sierra Maestra. Die Bestias haben sein volles Vertrauen, und er ist niemals und nirgends allein, obwohl er immer gerne ein paar von den Dealern überwacht, die ziemlich viel von einer neuen Droge verkaufen, die er mitbringt: sie soll eine Bombenwirkung haben. Ich konnte nicht rauskriegen, woher sie kommt und über welchen Ort er sie reinschmuggelt, aber er hat drei Dealer: den am Capitol, der das Barrio Chino mit dem Parque de la Fraternidad und den billigen Nutten in der Calle Monte abdeckt; dann den in der Avenida 51, wo es die größte Ansammlung von Nutten gibt, die in nationaler Währung kassieren; und den im Bodegón de la Zorra, in der Calle Jaimanitas, wo er alles unter Kontrolle hat, was sich zwischen Marina Hemingway und dem Hotel Comodoro abspielt.

SIEBEN

Es kann auf der ganzen Welt keine zwei Personen geben, die einander so gleichen: das ist unmöglich. Nachdem das Leben viele Jahre in allen vorstellbaren Formen vor seinen Augen vorübergezogen ist, in den Unterwelten einer Stadt, die zwar die Kleidung wechselt, aber immer dieselbe bleibt, wehrt er sich dagegen, an Zufälle wie diesen zu glauben. Einen Milton kann es nur einmal geben. In einem Land wie Kuba ist dieser Name so selten, dass er ihm höchstens zwei oder drei Mal begegnet ist. Aber jener Milton, den er vor langer Zeit gekannt hat, damals, im revolutionären Kampfgeschrei der ersten Jahre nach dem Sieg von Fidel und seinen Anhängern, besitzt so unverwechselbar eigene Züge, dass es ihn kaum ein zweites Mal geben kann.

Er genießt die Stille, die sich zu dieser morgendlichen Stunde im ganzen Haus ausbreitet, sich über Möbel und Nippes legt und sich auf dem Mosaik des Fußbodens niederlässt. Er könnte schwören, es riecht sogar anders. »Die Stille hat einen Geruch, Papa«, hört er Patty sagen, die drüben, hinter ihm in der Zimmerecke sitzt, wo sie immer ihre Jogaübungen gemacht hat, um die gesamte positive Energie an diesem Ort des Hauses zu bündeln, obwohl es dort auch am dunkelsten war. »Sie riecht nach Feuchtigkeit und Staub, auf den es geregnet hat.« Das konnte stimmen. Damals, als sie noch lebte und mit ihrer Lebenslust das Haus und sein Leben durcheinanderwirbelte, hielt er es für eine der üblichen Torheiten seiner Tochter, aber nach ihrem Tod fand er allmählich heraus, dass sie in vielen Dingen Recht hatte und dass sich hinter ihren vermeintlichen Überspanntheiten ein Wirklichkeitssinn verbarg, den er anscheinend erst nach ihrem Tod begreifen sollte, als stehe es so in irgendeinem Buch von Gott oder dem Teufel geschrieben. »Ja, meine Kleine, die Stille riecht« - und sie entfaltet, wie gerade jetzt, einen so angenehmen Duft, dass er Lust bekommt, sich in seinem gewohnten Sessel zurückzulehnen, die Augen zu schließen und so viel Luft wie möglich einzuatmen. Und sich zu erinnern.

Es gibt Dinge, die ihn stören. Milton gehört dazu. Wenn es derselbe ist, inwiefern kann er ihn als Verräter betrachten? Er will es nicht annehmen, aber er hat allzu viele Fälle von Verrat erlebt, in all diesen Fluten von Angst, Tod und Fäulnis oder angesammelten einfachen Ereignissen, die sich in seine Falten eingeprägt haben, so viele Menschen, die sich verändert haben, als würden sie die Haut wechseln, unter den stets widrigen Bedingungen dieses *way of life*, der ihr Los war, an den so genannten Rändern einer Randgruppengesellschaft, wo, das muss er zugeben, alles möglich ist. »Der Kampf ums Überleben hat immer neue Überraschungen parat«, hatte er selbst eines Abends zu Justo Marqués gesagt, dem ein Freund, fast ein Bruder, ein paar materielle Dinge gestohlen und damit sein notorisches Vertrauen in die Menschheit in den Mülleimer befördert hatte. »Das Einzige, was dir helfen kann, dich besser zu fühlen, das ist, darüber nachzudenken, in welchen Punkten du selbst zu den Ereignissen beigetragen und ob du nicht etwas unterlassen hast, das du hättest tun sollen, um zu vermeiden, dass sie passieren«, riet er ihm damals. Das konnte auch für Milton gelten.

Wie viele Dinge hatten sie nicht als junge Männer gemeinsam gemacht, nachdem ihnen klar geworden war, dass die einzige Chance, in einem Land zu überleben, das Leuten ihrer Rasse den Rücken kehrte, darin bestand, Leibwächter der Mafiosi und der Machthaber zu werden. Milton war einer der Besten. Viele schmutzige Jobs hatten sie Seite an Seite erledigt; am gegenwärtigsten und, wenn er die Augen schließt und den Geist in die Vergangenheit schickt, immer noch zum Greifen nahe ist ihm der Auftrag, in einer Kirche von Matanzas zwei Priester zu beseitigen, über die Meyer Lansky herausgefunden hatte, dass sie heimlich und hinter seinem Rücken Geschäfte mit den Deutschen machten und Nazis aus Europa heraus und nach Amerika hineinschmuggelten, in Operationen, die über den stets wunderschönen Strand von Varadero führten. »Wir werden mit dem Arsch voraus zur Hölle fahren, Alex«, sagte Milton mit leichtem Zittern in der Stimme, in einem Versuch, den Witzbold zu spielen, der in seinem Mund und seinem Mienenspiel erstarb, als die beiden tot vor ihnen lagen, genau unter dem Altar, von dem sie ein Christus aus Gips von seinem Kreuz herab traurig und streng ansah.

»Wir sind schon in der Hölle geboren, Milton, lass mich in Frieden!«, entgegnete er. »Unsereins ist schon verdammt, bevor er in dieses Drecksland geboren wird.«

Einige Jahre später; jeder der beiden hatte sich mittlerweile seinen eigenen Weg gepflastert, Stein um Stein, beide waren immer noch in der Gang von Meyer Lansky: Alex arbeitete im Geschäft mit den Kabaretts und den Prostituierten, der Sommersprossige trieb in den Läden und Geschäften die Steuer ein, die der Yankee verlangte; Milton erschien eines Abends bei Alex zu Hause, betrunken und mit dem Wunsch sich auszusprechen und weiter zu trinken »mit einem, den man gut leiden kann, mit einem wie du, Alex«, und als sie sich mit der Ausführlichkeit und Vertrautheit der alten Zeiten unterhielten, gestand er ihm, dass er es satt habe, seinen Lebensunterhalt auf so primitive Weise zu verdienen, die ihm schon allzu leicht und langweilig erschien.

»Ich gehe mit Fidel in die Sierra, Alex«, sagte er.

In der Sierra würde alles anders sein, weniger langweilig, mehr Abenteuer, »und dort sitzt der Tod, Alex, und zwinkert dir von irgendeinem Abhang her zu«. Schließlich »hört man, was die Leute sagen, und wie es aussieht, wollen sie tatsächlich den Armen helfen, unseren Leuten.«

Alex schüttelte damals den Kopf. Er weiß noch, dass er einen langen Zug aus der Flasche nahm, bis sein Mund ganz voll war, und dass ihm der gluckernde Rum beim Schlucken in der Kehle kratzte. Wenn das passierte, war es ein untrügliches Signal seines Körpers: er musste seine Eingeweide durchrütteln, um wieder einen klaren Kopf zu bekommen.

»Nein, Milton, es wird gehen wie immer«, sagte er dann, »es ist immer dasselbe: sie kommen, versprechen alles Mögliche, und sobald sie das Heft in der Hand haben, geht die Scheiße los.«

Er war überzeugt, dass er Recht hatte. Er ist es immer noch. Nach den Vorstellungen und Versprechungen der neuen Regierung, die in jeder Rede jener ersten Tage wiederholt wurden, würde das Land in zehn Jahren ein anderes sein, blühend, wirklich frei, »so grün wie die Palmen« und unter dem Motto »Freiheit mit Brot und Brot ohne Terror«.

Mehr als vier Jahrzehnte sind seitdem vergangen, und überall türmt sich die gleiche Scheiße, die Armut hat zugenommen, und die einzigen Unterschiede waren ein paar soziale Halberrungenschaften, wobei das Rot eines falschen Kommunismus alles mit seinen Tönen befleckte, die nicht zufällig der Farbe des Blutes glichen; die Freiheit wurde nach den dogmatischen Kriterien einer allmächtigen Partei verstanden, und es ging rückwärts in der Intoleranz, in der Wirtschaft und im sozialen Leben, und keiner wusste, wie weit es noch gehen würde. »Man sieht schon wieder Hunderte von amerikanischen Touristen in den Straßen von Havanna, Väterchen«, sagte Alain vor kurzem zu ihm und gestand ihm, dass er nicht verstehe, was aus der vielzitierten Blockade geworden sei - die Dollar-Läden waren voller amerikanischer Produkte, die Gringo-Schiffe liefen die Häfen der Insel an und brachten tausenderlei Dinge mit, die Unternehmer des »unruhigen und brutalen Nordens«, wie ihn Kubas Säulenheiliger José Martí einmal genannt hat, kommen und schauen, wo sie sich einschleichen können, und die Politiker verschiedener Yankee-Staaten führen Gespräche mit denen der kubanischen Regierung.

Milton zog damals wie der Herzog von Marlborough in den Krieg und kehrte zu Pferde nach Havanna zurück, mit der berühmten Karawane des berühmten Einzugs des schon weltberühmten Fidel in die Hauptstadt des berühmtesten Landes der Nachrichten jener Zeit. Wochen später, im gleichen Januar, erschien er wieder bei Alex zu Hause, in Olivgrün und mit mehreren *Santa-Juana-Ketten* um den Hals. Er wirkte glücklich. Sprach von Ché, von Camilo Cienfuegos, »das ist wirklich ein Kerl, ein Chef von echtem Schrot und Korn, ich kenne keinen, der diesen Mann nicht vergöttert«, und erzählte eine Menge Geschichten, zum Beispiel, wie er drei Mal verwundet wurde, oder wie er einmal die Todes-Parze vor sich sah, »ganz nah, ganz nah, Alex, ich dachte schon, sie würde mich mitnehmen, und da hab ich mir gesagt: Milton, du folgst nur dem Arsch einer Frau, die dir gefällt, und die da ist nicht gerade umwerfend«, bis die Todesparze sich umdrehte und im Dickicht der Sierra verschwand.

»Und ich hab sogar ein Mädchen gefunden, sie ist...« und er küsste seine Fingerspitzen.

Die Besessenheit, seinen Schwanz in jeden Frauenhintern stecken zu müssen, der vorbeikam, war sein Unglück. Oder vielleicht auch nicht? Alex glaubt, dass alle Menschen ein Schicksal haben, vorgezeichnet von einem Stern, dessen Licht trübe ist oder hell strahlt, und wie oft hatte er sich schon gesagt, dass Milton nicht geboren war, um Revolutionen zu machen. Der erzählte ihm nun, er habe heimlich mit der Frau eines der obersten Kommandanten des Truppenlagers von Columbia geschlafen. »Ich wurde dorthin abkommandiert, um weiterhin dem Vaterland zu dienen«, tönte er martialisch. Die kleine Mulattin habe ihm den Kopf verdreht, ihn ganz verrückt gemacht, »lebendiges Feuer, Alex, pure Hitze, und ich muss dort sein und es ihr besorgen, jedes Mal mehr als eine Stunde lang, damit ich sie befriedigen kann«, und sie selbst habe ihm in der sexuellen Ekstase verraten, dass ihr Mann vielleicht ein Löwe im Kampf sei, aber im Bett eine völlige Niete.

Milton war der Chauffeur des großen Chefs. Dieser habe sie eines Tages erwischt, nackt, als er eben dabei war, die Mulattin auf der Rückbank seines Autos zu vögeln. Er wisse nicht, wo der Typ so viel Kaltblütigkeit hernahm, denn er habe die Wagentür aufgerissen, als sie eben ausrief: »Ja, mach's mir, Liebling, ja, du bist ein richtiger Mann!«, während er selbst seine Hüften mit tausend Umdrehungen pro Sekunde kreisen ließ und mit dem Stampfen seines Kolbens das gut geölte Geschlecht der Frau zum Vibrieren gebracht habe. Er wisse nur noch, dass der andere sie beide, immer noch nackt, aus dem Wagen zerrte, die Pistole zog und ihr, ohne ein einziges böses Wort, mit der Kälte eines Eisblocks eine Kugel in die Stirn verpasste und dann »dreckige Nutte« zwischen den Zähnen hervorstieß. Als Milton bei dem Schuss gesehen habe, wie Gehirn und Blut spritzten, sei ihm klar geworden, dass der andere sich nun ihm zuwenden und noch einmal schießen würde.

Er habe sich wegducken können. Er habe nur gespürt, dass sich eine ungeheure Hitze in sein Ohr bohrte und dann etwas sehr Heißes seinen Hals herunter lief. »Ich ging auf ihn los, Alex, riss ihm die Pistole aus der Hand und schickte ihn mit einem Tritt in die Eier zu Boden.« Er entkam mit dem Jeep und wollte nun, dass Alex ihn eine Zeit lang versteckte, bis er geklärt hatte, was zum Teufel er machen sollte: Ihm war klar, dass er bei den Rebellen keine Zukunft mehr hatte. Von seinem Ohr war nichts mehr übrig. Alex besorgte ihm als erstes einen Arzt, der dem blutigen Anhängsel, das der Schuss hinterlassen hatte, eine Form gab. Bald danach, ein paar Monate später vielleicht, gelang es ihm, das Land zu verlassen, zusammen mit ein paar reichen Bonzen und Batista-Freunden, die mit einem Motorboot in den Norden fuhren.

»Er muss es sein«, sagt er laut zu sich selbst und schlägt die Augen auf.

Dieser Milton, mit dem ihn so viele angenehme Erinnerungen und so viele Schrecken verbinden, hatte »sogar am Arsch noch Sommersprossen«. *Jawohl, der alte Schwerenöter ist wieder in Kuba*, denkt er, und er möchte ihn gern wiedersehen. Wie viele Geschichten mochten sich im persönlichen Almanach seines Freundes in den langen Jahren angesammelt haben! Ob er so gealtert war wie er selbst? War er noch, was er damals war: ein edler Mensch mit einem großen Herzen, zu groß für seine Brust, der nicht anders konnte, als den harten Macker zu spielen? Lebte er wieder auf der Insel oder machte er es nur wie viele andere, die ständig von Miami oder, mit immer weniger Schwierigkeiten, von den Bahamas, von Panama oder Jamaika her ein- und ausreisten? Wer konnte ihm diese Fragen beantworten?

»Dinorah«, antwortet er sich selbst und greift, im Geist noch immer in den sechziger Jahren, nach dem Telefon, wählt die Nummer und wartet.

Dinorah war Miltons letzte Frau in Kuba; er lernte sie in ihrer kleinen Bar am Paseo del Prado kennen, nachdem er sich ein wenig von seinem Verfolgungstrauma erholt hatte. Er hatte lange gebraucht - Stunden voller Angst, schlaflose Nächte, die Furcht, in einen Hinterhalt zu geraten - bis er nicht mehr überzeugt war, dass ihn der Kommandant sein Leben lang verfolgen und irgendwann umbringen würde. Alex hatte ihm viel geholfen: das sei völlig ausgeschlossen, er brauche sich nur die aktive Rolle anzusehen, die dieser Mann beim Aufbau der neuen Gesellschaft spielte und über den Presse und Fernsehen ständig berichteten. Keine Sendung, keine Zeitung oder Zeitschrift, in der nicht die unverwechselbare Uniform des Kommandanten auftauchte; oder seine Arroganz, die er unversehens versteckte, wenn er sich in Gesellschaft Fidels und der anderen Großen befand. Die betäubte Miene, das übermüdete Lächeln, die dicken Augenringe nächtelanger Arbeit bewiesen laut Alex, dass der Mann nach der kubanischen Formel verfuhr, die über kleinere Affären stets hinweghilft: Schwamm drüber und neu anfangen.

Die Romanze mit Dinorah hatte damals nicht lange gedauert und durch die Flucht in den Norden ein abruptes Ende gefunden. Er wusste allerdings, dass sie wahrscheinlich die einzige Frau war, die zu einem Mann wie Milton passte, wie maßgeschneidert. Mehrere Jahre lang spürte er, wenn sie sich zufällig begegneten - vor allem, nachdem die Regierung ihre kleine Bar enteignet und geschlossen hatte und Dinorah gezwungen war, zu Hause als Schneiderin zu arbeiten, um nicht zu verhungern - merkwürdige Gewissensbisse, weil er irgendwie die wohl dauerhafteste Beziehung seines Freundes zerstört hatte. Um sein Schuldgefühl noch zu vermehren, hatte sie einen Sohn bekommen, der, wie er wusste, von Milton war, und er sah ihn heranwachsen und seinem Vater immer ähnlicher werden, vor allem, was die Sommersprossen und die Haarfarbe anging: flammend rot.

Ja, sie habe Kontakt zu Milton. Er würde sich freuen - und Alex hörte an ihrer Stimme, dass es wirklich so war - denn bei seinen letzten beiden Aufenthalten habe er bereits seine Adresse gesucht und gefunden, sei aber so von Hektik, Problemen und Unannehmlichkeiten überrollt worden, dass er das Treffen immer wieder verschoben habe.

»Er wohnt in Trocadero, zwei Häuser von dem Museum für diesen Schriftsteller, Lezama Lima oder so ähnlich. Es ist das einzige Museum weit und breit. Milton wohnt in dem kleinen Haus in Blau und Weiß.«

Es sei das Haus von Nelton, dem Sohn von Dinorah und Milton. Es zu finden war nicht schwer. Er brauchte nur eine alte Frau voller Runzeln und Falten zu fragen, die dort in einer Hofeinfahrt saß, wo Pizza verkauft wurde, neben einer kleinen Fahrradwerkstatt: »Mütterchen, wo wohnt hier Nelton?« und sie streckte einen langen Finger aus, ebenfalls voller Runzeln, schmutzig, mager und knochig, und zeigte auf ein Häuschen mit schmaler Fassade, das frisch mit blauer Farbe gestrichen war, während Türen und Fenster in einem makellosen Weiß erstrahlten.

Der Mensch, der im Türrahmen erscheint, ist genau der, den er zu finden gehofft hat; älter geworden, aber er ist es. Alex bleibt an der Tür stehen, lächelt und nimmt die Brille ab, damit der andere unter den vielen Falten den alten Freund erkennen kann. Er sieht, wie er ebenfalls lächelt, den Kopf in den Nacken wirft und in dröhnendes Gelächter ausbricht, in einer ganz unverwechselbaren Geste, die schlagartig die Distanz der vielen Jahre überbrückt.

»Du wirst überhaupt nicht alt, verdammter Nigger!« ruft er aus, bevor sie sich heftig, temperamentvoll umarmen und Alex die echte Gefühlswallung eines Menschen spürt, der ihre gemeinsame Geschichte genauso wenig wie er selbst vergessen hat, mit ihren vielen Höhlen und Verstecken, allzu viel

Licht und viel zu viel Schatten, um im Kristall der Zeit trübe zu werden.

»Du auch nicht, alter Schweinehund!« gelingt es Alex hervorzustoßen, dann nimmt er den Sommersprossigen bei den Schultern und hält ihn auf Distanz, um ihn besser ansehen zu können, wie einer, der eine Ware mustert: »Du hast sogar noch dieselben Sommersprossen, verdammich!«

Milton legt ihm den Arm um die Schultern und führt ihn so durch den Salon zu der Wand, wo die Sessel stehen, neben dem Fenster zur Straße. Kein Luxus, aber alles perfekt aufgeräumt, sehr sauber, unverkennbar die Hand einer Frau.

»Ich glaube, wir haben uns eine Menge zu erzählen, meinst du nicht?« Alex ist gerührt von dem Grau des Alters, das schon die hellen Augen des anderen trübt. Er will herausfinden, wie weit er sich verändert hat.

»Siehst du?« antwortet Milton, immer lächelnd. »Das ist genau der alte Alex, den ich kenne. Dich ändert man nicht, auch wenn man dich nochmal neu zusammenschraubt!« Dann fährt er in ernsterem, beinahe feierlichem Ton fort: »Ja, mein Lieber, wir haben uns eine Menge zu erzählen!«

»Ich war mir nicht sicher, ob du's wirklich bist oder nicht...«

»Siehst du. Schon das beweist, dass du alt geworden bist. Du weißt besser als jeder andere, dass es nur einen Milton auf dieser Welt gibt.«

Er habe von Pattys Tod erfahren. »Die schlimmen Ereignisse erfährt man am schnellsten, *compadre*!« Und er freue sich, dass Alex immer noch der Boss in seinem Viertel sei, wie damals schon, als sie sich kennen lernten, vor über fünfzig Jahren.

»Leute wie dich braucht man an solchen Orten, Alex«, sagt er, erhebt sich und geht zu einer schimmernden Hausbar, mit Hockern aus Edelholz, wo er Rum in zwei kleine Gläschen gießt. »Weißt du, was mir in unseren Vierteln Sorgen macht? Die Moral geht verloren, mein Lieber. Jedes Mal, wenn ich komme, sehe ich, dass alles immer schlimmer wird...«

Ihm sei die damalige Zeit lieber, in der das Randgruppendasein noch genau das bedeutete: eine Art zu leben, aus der es kein Entrinnen gab, aber mit festen Regeln, die man einhalten musste, »weil man, um zu leben, die anderen nicht schikanieren darf, erinnerst du dich?« Alex weiß es noch. Unter den Armen, die vom Rest der Gesellschaft als »Randgruppen« bezeichnet wurden, stand man zusammen wie eine Mauer und verteidigte seine festen Prinzipien. Es war die einzige Möglichkeit, nicht vernichtet zu werden.

»Heute gibt es das nicht mehr«, klagt er und prostet Alex zu.«

»Alle Welt ist zerstritten, beklaut sich, bringt sich gegenseitig um, zankt sich wie die Hunde, Alex. Das Überleben in diesem Land hetzt die Leute immer mehr gegeneinander.«

Er habe seinen Sohn Nelton nach Miami mitnehmen wollen, aber »der blöde Kerl sagt, er geht hier nicht weg, drüben müsste er viel zu viel arbeiten.« Obwohl er bedauere, ihn nicht in der Nähe zu haben, gebe er dem Jungen Recht: »Kuba ist das einzige Land der Welt, wo die, die nichts tun, besser leben als jene, die sich krummlegen, Alex.« Er brauche sich nur umzusehen, sagte er, breitete die Arme aus und deutete auf die Wohnung. »Er geht nicht arbeiten, sondern verkauft unter der Hand Zigarren, und hier fehlt es an nichts!« Als Milton gekommen sei, und um ungestört seinen Geschäften nachgehen zu können, sei sein Sohn in eine Wohnung gezogen, die er vor Monaten in Varadero gekauft habe, »sie hat ihn fünfzig Riesen gekostet, Mann. Also stell dir vor, wie viel Kohle er hat! Wieso zum Teufel sollte er hier weggehen wollen?«

Er spricht viel, Milton. Wie immer. »Der sommersprossige Papagei« hieß er damals. Aber er sieht glücklich aus, sehr glücklich, und Alex kann es in der Luft riechen, dass es stimmt, was er gesagt hat, dass er bei seinen früheren Aufenthalten schon mehrfach vorgehabt habe, ihn zu besuchen, »aber ich hatte so viel Ärger am Hals, Mann, dass ich es auf später verschieben musste.« Auf alle Fälle sei er sicher gewesen, dass diese Begegnung irgendwann stattfinden würde. »Unkraut verdirbt nicht, Alex, und ich wusste, dass du nicht stirbst, ohne mir vorher Bescheid zu geben«, sagt er, nimmt einen guten Schluck und schließt die Augen, wie um ihn noch besser auszukosten.

»Aber es gibt ein paar Dinge, die du mir erzählen musst, nicht wahr?« Alex will auf den Punkt kommen. Wenn er ihn reden lässt, können sie den ganzen Nachmittag und Abend zusammen sein und bis ins Morgengrauen alte Zeiten aufleben lassen.

Der andere wird still, ernster, nimmt noch einen Schluck Rum, diesmal einen kleineren, er nippt quasi nur, und antwortet mit einer der Gesten, die Alex wiedererkennt: er wiegt den Kopf gleichmäßig hin und her und streicht sich dabei mit dem Mittelfinger der rechten Hand über die Braue zur Schläfe.

»Das mit dem Grab hätte ich dir sagen müssen, meinst du das?« stößt er hervor, eine Salve von Tönen, und sein Blick sucht den von Alex.

Der Alte nickt.

»Du kennst die Regeln«, sagt er. »Du selbst hast vor ein paar Minuten davon gesprochen.«

»Ich war's nicht, der diese Gruft benutzt hat, Mann«, erklärt er.

Alex richtet sich im Sessel auf. Er hält Milton nicht für fähig, ihn anzulügen, aber es gibt nichts, was es nicht gibt.

Er sei nicht dazu gekommen, die Gruft zu benutzen, sagt der Sommersprossige weiter. Er hätte eine der Grabstätten gebraucht, um die Leiche des Spaniers verschwinden zu lassen, wenn er ihn aus dem Verkehr gezogen hätte. Das stimmte. »Aber ich konnte dich ja nicht besuchen, und deshalb ließ ich die Sache offen, bis wir uns sehen würden.« Er habe herausgefunden, dass es die Grabstätten noch gab, wo sie vor der Revolution die Leute verschwinden ließen, die sie auf Befehl der Mafiosi liquidieren mussten. Mit einer einfachen Frage im Friedhofsbüro habe er erfahren, dass sie immer noch auf Alex' Namen eingetragen waren, woraus er geschlossen habe, dass er sie immer noch zu dem Zweck benutzte, für den sie viele Jahre zuvor gekauft worden waren.

»Auch ich muss etwas wissen, ob du's glaubst oder nicht!« sagt er, trinkt das Glas aus und stellt es neben dem Sessel auf den Fußboden.

Er habe gehört, dass sich ein Unbekannter an vielen Orten nach einem Mann erkundige, der »sogar am Arsch noch Sommersprossen hat und dem ein Ohr fehlt«, und als er das Knäuel aufgedröselt habe, ebenfalls mittels vieler Fragen, sei er auf den Namen Rocco gestoßen. Seine Intuition habe ihm gesagt, dass hinter diesem wissbegierigen Menschen, »einem großen Schwarzen von einer Bande, die *Los Mudos*, die Stummen, genannt wird«, sein alter Freund Alex stecken könnte.

»Ich weiß alles, was du auch weißt, mein Lieber«, sagt er, »über andere Kanäle, aber ich weiß es. Sogar das mit den drei Toten in der Gruft, die ich, das sag ich nochmal, nicht benutzt habe. Und glaub mir, wir sind auf dem gleichen Stand: wir wissen dasselbe.«

Auch er sei weiterhin auf der Suche. Er freue sich, dass Alex jetzt hier sei, »ich hab auf dich gewartet, mein Lieber«, denn die Unterwelten würden von Tag zu Tag undurchschaubarer, und es sei schwer geworden, ohne Hilfe Spuren zu verfolgen. »Es ist leichter, die Institutionen, die Regierungsorgane zu bestechen und zu kaufen, das heißt, die Leute, die dort arbeiten, als die Leute in unseren Vierteln.« Das fand er unglaublich.

»Deshalb bin ich schon einen ganzen Monat oder noch länger hier in Kuba«, ergänzt er.

Bis vor ein paar Monaten sei alles ganz einfach gewesen, sehr professionell, extrem sicher. Einmal im Monat habe Francis per Fax von Panama aus bei ihm in Miami Ware bestellt, die er in Florida eingekauft und über verschiedene Kanäle nach Havanna eingeschleust habe, wobei er sich den Umstand zu Nutzen mache, »dass die Korruption in diesem Land allgegenwärtig ist, Alex«, versichert er. »Und wenn man früher wie die Chinesen sagte: »Ein Scheinchen löst die Zunge«, dann sagt man heute: »Ein Dollarchen lähmt die Zunge«. Sie seien über zwei Jahre in diesem Geschäft. Der Spanier habe stets gut bezahlt und in Havanna gut weiterverkauft: davon habe er sich selbst überzeugt. Aber »dann kam bei ihm die dunkle Seite des Conquistadoren zum Vorschein, der uns immer noch als Eingeborene betrachtet.« Er habe die Krallen ausgestreckt und versucht, in die eigene Tasche zu wirtschaften: Beim letzten Kauf sei er am vereinbarten Ort erschienen, habe die beiden Jungs ausgetrickst, die auf die Ware aufpassen sollten, den Stoff mitgenommen, »...und sich bis zum heutigen Tag nicht mehr blicken lassen, Alex. Ganz einfach: er wollte mich ausbooten.«

Seit diesem Betrug seien sechs Monate vergangen. Der Spanier sei in dieser Zeit nicht ein Mal nach Kuba eingereist. Auch das sei nicht schwer zu überprüfen gewesen: »Ich habe Freunde in der Einwanderungsbehörde, und ich hab sie gebeten, mal nachzuschauen, ob unser Spanier hier war.« Aber ohne Erfolg. Sechs Monate lang sei er nicht hier gewesen. Dann habe er vor wenigen Tagen erfahren, Francis sei in Kuba. Er habe alles vorbereitet. Die *Bestias de la Noche* angeheuert, eine Bande von Killern, mit denen ihn sein Sohn

Nelton zusammengebracht habe, »sie haben ab und zu mit dem Jungen beim Zigarrenschmuggel zusammengearbeitet.« Er habe ihnen den Vorschlag gemacht, auf eine lukrativere Branche umzusteigen: ins Drogengeschäft. Er würde gut bezahlen, außerdem würden sie am Verkauf prozentual beteiligt. Sie hätten angenommen und seien bis zum heutigen Tag von unbedingter Zuverlässigkeit: sie hätten sogar diejenigen ausgeschaltet, die versucht hätten, alles zu vermasseln, einfach so, eiskalt, wie man eine Kakerlake zerquetscht, »ohne Mitleid und mit Wut, Alex.« Und das sei gut in diesem Geschäft: »Schneller Verstand und kaltes Blut«.

Jetzt seien sie verärgert. Sambo, der Chef der *Bestias*, habe geschworen, dem Spanier und seinen Leuten eigenhändig den Kopf abzureißen, wenn er sie erwischte. »Aber das war gar nicht nötig.« Francis habe wohl auch bei anderen Leuten Schulden gehabt, und die hätten ihn dann aus dem Weg geräumt, obwohl es nicht ganz sicher sei.

»Zwei Tote gehen auf mein Konto«, sagt Milton, nimmt das Glas vom Boden und macht damit eine Bewegung auf den Alten zu, um zu fragen, ob er noch einen Schluck möchte. Er sieht ihn nicken und erhebt sich. Immer noch mit dem Rücken zu ihm, erklärt er, während er wieder aus der Flasche einschenkt: »Ich brauchte den Mann allein, deshalb hab ich seine beiden Sklaven getötet.«

Bei einem der beiden Hellhäutigen - so hat Rocco sie genannt, denkt Alex - haben sie, wie Milton erzählt, eine ganz saubere Arbeit geliefert: sie schnitten ihm die Kehle durch, während er ein Mädchen bumste, und als diese Schwierigkeiten machte und anfing, mit der Polizei zu drohen, mussten sie sie ebenfalls erledigen, »damit sie nicht weiter randaliert und ihrem Deckhengst Gesellschaft leisten kann.« Milton räumt ein, es sei ihm ziemlich gegen den Strich gegangen, dass es so weit kommen musste: der Tod der kleinen Nutte war nicht eingeplant, »und du kennst ja meine Schwäche Frauen gegenüber, Mann«. Sein Ärger verflog, als herauskam, dass sie für die Polizei arbeitete. Die hatte sie auf den Bodyguard von Francis angesetzt, um ihn vielleicht auf diese Weise zu schnappen: sie wussten, dass er im Drogengeschäft mitmischte. Aber dieser Mensch war allzu wortkarg, und nicht einmal im Bett konnte die falsche Nutte irgendetwas aus ihm herausbekommen. »Ich hab mich gefreut, dass sie ihr den Garaus gemacht haben«, sagt er. »Das Spitzelpack hab ich gefressen, Alex... ich hab nicht vergessen, dass unser Land über hundert Jahre lang von diesem Pack geschunden worden ist: unter Machado, unter Batista und jetzt unter Fidel ist immer noch jeder Kubaner ein potentieller Spitzel, du brauchst ihm nur die Daumenschrauben anzulegen.«

Für den anderen Hellhäutigen mussten sie eine gute Falle vorbereiten. Milton kann nicht genau sagen wie, aber der andere schien davon Wind bekommen zu haben, dass jemand hinter ihm her war, um schmutzige Rechnungen zu begleichen. »Wir haben ihm einen Streit reingedrückt, wie man hier sagt, und ihm sogar Theater vorgespielt, um zu sehen, ob wir was aus ihm rauskriegen.« Er selbst habe alles beobachtet, aus einem Haus in der Nähe des Bahnhofparks, und gesehen, wie sich der Typ aufspielte und rief, der Spanier würde die Schulden nicht bezahlen, »weil er keinen Bock hätte, oder so was, ich weiß nicht mehr, ich war jedenfalls blind vor Wut!« Er habe zum Telefon gegriffen und einen Kontaktmann bei der Polizei angerufen, der genau hinter solchen Leuten wie diesem Idioten her war. »Den Typ kannst du über die Kleindealer ausquetschen, okay? Aber du weißt ja, mein Name bleibt außen vor!«

»Und wie es immer läuft, Alex«, erzählt er weiter, das Glas an die Lippen hebend, um noch ein Schlückchen Rum zu nehmen, »die Typen, die hier draußen die harten Macker spielen, wenn die erwischt werden, singen sie mehr als der Dicke da, der Pavarotti, und er hat angefangen, meinen Namen zu singen und nochmal meinen Namen und wollte gar nicht mehr aufhören mit der Arie.«

Miltons Kontaktmann habe daraufhin auf eigene Faust beschlossen, ihn auszuschalten. Er konnte nicht riskieren, dass die Vorgesetzten ihn hörten und Miltons Namen mit seinem eigenen in Verbindung brachten, oder mit dem der anderen Kollegen, die auf die eine oder andere Art Geschäfte mit der Unterwelt von Havanna machten. »Sie haben ihn an der Decke aufgehängt, Alex, und ... wenn der Hund tot ist, hört auch die Tollwut auf.«

Alles passt zusammen, Stück für Stück, Kettenglied um Kettenglied. Rocco hat sich nicht getäuscht. Alex kann sich einen gewissen Stolz nicht verkneifen: seine Kontakte funktionieren, seine Kontrolle ist erfolgreich - und das hat schon immer, seit Havanna das ist, was es ist, ermöglicht, die Macht in der Hand zu halten wie das Szepter eines Königs.

»Der Rest war schwierig«, fährt Milton eifrig fort, denn Alex lässt sich keines seiner Worte entgehen, »Francis weiszumachen, dass ein anderer Idiot ihm Ware verkaufen will, war ein hartes Stück Arbeit.«

Aber es gelang. Francis forschte nach, suchte Informationen, ließ seine Kontaktleute schnüffeln und ging tausend steinige Wege, um alles nachzuprüfen, aber schließlich ließ er sich überzeugen, dass Michel Sentiant ein Kanadier war, der ebenfalls Drogen ins Land schleuste. Sie vereinbarten einen ersten Handel im Wert von hundertzwanzigtausend Dollars. *Las Ruinas*, das Restaurant im Leninpark, in den Außenbezirken Havannas, war der perfekte Ort, um das Geschäft abzuschließen. Dort sollten Geld und Ware übergeben werden, Stoff von angeblich bester Qualität.

»Francis ist nie zu dem Termin erschienen«, sagt Milton.

Alex hört zu; er hört nur zu.

Dann habe er erfahren, dass sie tot waren. »Ich brauchte praktisch gar nicht zu fragen, mein Lieber; ich glaube, ganz Havanna hat gewusst, dass man sie in einem von deinen Gräbern gefunden hat.« Irgendwie habe er sich gefreut; jemand hatte ihm die Last dieser schmutzigen Arbeit abgenommen, und der blöde Hund Francis, Ramiro und eine namenlose Nutte würden auf dieser Welt niemand mehr abzocken, obwohl sie auf der anderen Seite, im Jenseits, bestimmt schon wieder dabei seien, einen Coup zu planen, »dieser Francis wird, egal wo er ist, immer der gleiche Drecksack bleiben.«

»Wie sie hier sagen, Alex: ich schließe ein Kapitel ab und schlage ein neues auf.« Er schwenkte den Schluck Rum von einer Seite des Mundes in die andere, die Wangen beulten sich aus von der Flüssigkeit. »Und die *Bestias* brauche ich nicht mehr. Diesmal steige ich im großen Stil ein... ganz große Sache... direkt mit einem Kolumbianer, der erstklassige Ware bringt, frisch aus seinem Land.«

Und die *Bestias de la Noche* würden verschwinden.

Anscheinend spiegelt Alex' Gesicht den Schrecken wider, der ihn wie ein Hammerschlag im Nacken trifft und betäubt, denn sofort schüttelt Milton den Kopf und erklärt: »Sie wollen fortgehen, Alex; sie haben schon seit einiger Zeit den Plan, in den reichen Norden zu fahren.« Genauer gesagt, sie wollten von der Insel verschwinden, um in Miami ihre Krallen auszustrecken, wo sie als Bande weitermachen wollten, »aber im Geschäft mit Menschen, die aus Kuba rauswollen. Ein Bombengeschäft. Drüben wohnt ein Bruder von Sambo, der mit einer Amerikanerin verheiratet ist, und für den Anfang wollen sie die Jacht von der Gringa nehmen. So haben sie's wenigstens gesagt.«

»Und wenn alles so toll ist, wieso hast du noch Zweifel?« will Alex wissen. »An der Sache ist was faul, stimmt's?«

»Es passt alles zu gut, Mann«, antwortet Milton, »und wir beide wissen, dass auf dieser Welt nichts vollkommen ist.«

Er rieche, dass hier etwas nicht stimmen könne, dass ein für seine Augen unsichtbarer Mechanismus schlecht funktioniere. »Wir sind zu viele Jahre im Geschäft, Alex, als dass sie uns für dumm verkaufen könnten!« Eine Frage aber gehe ihm unaufhörlich im Kopf herum.

»Wer diese Drei umgebracht hat, Alex... woher zum Teufel hat er gewusst, dass ich deine Grabstätte benutzen wollte? Die kannte keiner außer zwei Schwarzen von den *Bestias*, Sambo -ihr Chef - und ich.«

Danke für das Kompliment, Väterchen, aber du weißt ja: wer sucht, der findet; wer was anderes behauptet, ist ein Lügner, weil hier unten, in unserer kleinen Welt, funktioniert alles wie ein gut geöltes Getriebe: eins ergibt sich aus dem andern, und du musst nur den kleinen Pfeil erkennen und ihm folgen. Damit sind überhaupt noch keine Lorbeeren verdient. Hast du dich nicht auch schon mal gefragt, warum die Polizisten ab und zu einen ganzen Haufen illegaler Geschäfte auffliegen lassen? Ganz einfach: jemand hat ihnen gesteckt, wie das Getriebe funktioniert, oder sie haben ein einziges Mal in ihrem Leben beschlossen zu glauben, dass die Sache eine »interne Logik« hat, wie Calviño sagt, der Psychologe aus dem Fernsehen, der immer Ratschläge wie eine alte Briefkastentante ausspuckt, die sowieso keiner befolgt. Aber ich glaub das Märchen einfach nicht, dass die Bullen superintelligent und große Lichter sind und Sherlokolme in den Schatten stellen. Man weiß nur zu gut, dass diejenigen, die heute zur Polizei gehen, das dümmste Pack von ganz Kuba sind. Eingebildet wie sonst was, das sind sie... und blöd, und der Witz von we-

gen, die hätten so ein winziges Gehirn wie eine Ameise, das ist die reinste Wahrheit. Wenn die nicht überall ihre Spitzel eingeschleust hätten - eine Bande von Halsabschneidern, die sogar die eigene Mutter ans Messer liefern, wenn man ihnen die Eier in den Schraubstock einspannt – also da kannst du sicher sein, dass die »geschätzten Vertreter der bürgerlichen Ordnung«, wie sie in den Nachrichten immer sagen, nicht halb so oft die Wahrheit treffen würden wie jetzt.

Aber die Leute, die in unseren Vierteln den größten Schaden anrichten, sind die Cotorrones, *die »Papageien«, und die* Pavorreales, *die »Pfauen«. Die* Cotorrones *kennt man nicht, aber manchmal sieht man sie irgendwo sitzen, sie beobachten nur alles und machen keinen Finger krumm, um was zu essen ranzuschaffen, aber du brauchst ihnen nur amerikanisches Geld zu zeigen, einen miserablen Dollarschein, und sobald sie die Visage von Washington sehen, fangen ihre Augen an zu glänzen. Du nützt die Gelegenheit und fragst: »Kennst du den* Pipsigallo?*«, und er sagt dir, wo er wohnt, was er frisst, mit wem er befreundet ist, um wie viel Uhr er kacken geht, was er anzieht, welche Laster und besonderen Kennzeichen er hat, und sogar die Nummer vom Personalausweis. Und jetzt sag mir, ob es schwierig ist, von solchen Leuten irgendwas zu erfahren. Mit denen braucht die Polizei gar keine Spitzel.*

Mit den Pavorreales *ist es schwieriger, weil sie die Schlaumeier spielen, die harten Macker. Das sind die Idioten, also die zum Beispiel einer alten, blinden Neunzigjährigen die Brieftasche klauen, wenn sich die Ärmste gerade mal irgendwo auf eine Bank gesetzt hat und eingenickt ist, und danach gehen sie überall herum, schlagen ein Rad wie die Pfauen und erzählen davon, wie knifflig der Überfall war, sie hätten aufpassen müssen, damit sie den richtigen Moment erwischen, und wie sie ihr die Brieftasche wegnehmen wollten, hätte sich die Alte als erfahrene Kämpferin entpuppt und sich mit unglaublichen Kung-Fu-Tricks verteidigt, und dann hätten sie sie nach einem zwei Stunden langen Luftkampf und dem ganzen Technikrepertoire mit einem Supertritt kampfunfähig gemacht und ihr die Brieftasche abgenommen. Quatsch, Alex, aber das sind auch die Waschlappen, die am Strand in einer schäbigen Cafeteria, wo ein zwanzigjähriges Mädel die Kundschaft bedient und in der ganzen Gegend noch nie ein Wachmann gesehen wurde, die Kasse leer machen, siebenundsiebzig Dollars und ein paar Zerquetschte finden, und wenn sie dir die Geschichte erzählen, schwören sie bei ihrer Mami, dass sie jetzt steinreich sind, also, so einen Haufen Geld haben, mehr als der Typ, der die Computer erfunden hat, und sind ganz von den Socken und behaupten, sie hätten eine Bank ausgeraubt, in der Provinz, nach einer Operation, die mehrere Monate Planung erfordert hätte. Am Ende kriegst du nie raus, was davon stimmt, was die behaupten. Aber weil sie auch einen Haufen Zeugs daherquatschen, wenn der Tag lang ist, und sich gerne als Erzähler aufspielen, rutschen ihnen Hinweise raus, denen die Bullen nachgehen können, und dann kommen die hinter Sachen, die sie sonst nicht mal im Traum aufgeklärt hätten.*

Wie du's mir aufgetragen hast, hab ich Streit gesucht mit den Bestias. *Und das sind wirklich Bestien. Also, ich versteh nicht, dass die nicht schon die gesamte Bullerei am Hals haben. Die beklauen sich sogar gegenseitig, wenn sie mal ne Minute nicht dran denken, dass das Geld, das sie dabei haben, ihr eigenes ist. Die sind richtig berühmt. Dieser Milton hat dir vielleicht gesagt, dass es sie noch nicht lange gibt, aber ich sag dir, das Gegenteil stimmt. Sie kennen sich alle aus dem Knast, weil jeder von denen lange Zeit gesessen hat. Alles andere, was man dir erzählt, ist ein Teil der Legende, die sich viele Gauner ausdenken, damit die andern sich in die Hosen machen und ordentlich Respekt kriegen. Sie sind schon seit 1980 zusammen. Und weißt du was? Dieser Bruder, den Sambo im reichen Norden hat, drüben in Miami, und der angeblich mit einer Gringa verheiratet ist, dieser miese Gauner war ein hohes Tier im Verkehrsministerium, hat bei Diocles Torralbas gearbeitet, dem Boss, den sie geschasst haben, als General* Ochoa *an die Wand gestellt wurde. Ein toller Bursche. Er hieß, also er heißt, weil er lebt immer noch... er heißt Miguel Angel oder so ähnlich. Er und sein Bruder Sambo haben den Verkauf von Motorrad- und Autoteilen in fast ganz Havanna kontrolliert. Seit damals treiben die* Bestias *ihr Unwesen, Väterchen; natürlich haben sie früher nicht so viel Aufsehen erregt wie heute: damals hättest du die Panzerschränke aus dem Staatsrat klauen können und keiner hätte davon was mitgekriegt; nicht wie heute, zum Beispiel im Drogengeschäft, da bringen sie von Zeit zu Zeit mal einen Fall im Fernsehen, damit das Volk sieht, dass was getan wird, fast immer zeigen sie schwachsinnige Kubaner, Dealer von der miesesten Sorte, die mit Ausländern zusammen Geschäfte machen. Geniale Taktik, findest du nicht? Man jagt uns Kubanern, die in dem Geschäft arbeiten, einen Schreck ein, und nebenbei schafft man einen Beweis, der die Leute, die Fidel beschuldigen, er würde den Rauschgifthandel unterstützen, dumm dastehen lässt.*

Zurück zum Thema. Der Bruder von Sambo wurde praktisch auf frischer Tat ertappt. Was war: er hat sich ein paar Container mit Ersatzteilen direkt am Hafen unter den Nagel gerissen, mit Papieren und allem. Jemand hat ihn verpfiffen, vielleicht aus Angst, dass die Sache auffliegt, weil Gier das Geschäft ruiniert: Der Kerl hat wirklich übertrieben mit dem Klauen, er drehte jedes Mal größere Dinger. Als die Bullen ankamen, war Miguel Angel schon mit dem Motorboot abgehauen, saß in Miami und packte alles aus, was er über die versteckten Mängel in unserem System wusste.

Natürlich lege ich meinen Schwanz dafür in den Fleischwolf und halte jede Wette, dass die Bestias *wegen der Unterstützung durch den Bruder lange Zeit vor der Polizei Ruhe hatten und nicht gejagt wurden. Einer von den* Cotorrones *hat mir bei den Gebeinen seiner Mutter geschworen, die Typen hätten bei der Kinderprostitution mitgemischt, bis sich der Bastard nach Norden abgesetzt hat. Und alle Welt weiß, dass unsere Regierung keinen Spaß versteht, wenn es um die Kleinen geht; dabei weiß ich nicht, ob sie wirklich die Kinder schützen wollen oder ob sie, genau wie bei vielen anderen Dingen, nur an das Image denken - aber wer die Blagen in irgendwelche Scheiße reinzieht, der kriegt einen Krieg der Sterne an den Hals.*

Und die Bestias *wollen das Land verlassen, Väterchen. Das stimmt. Ich hab nicht rausgekriegt wann, aber ein kleiner Schwuler, der sie kennt, hat mir gesteckt, dass sie sich in Cojímar rumtreiben. Und weißt du was? Jetzt bin ich es mal, der eine Frage hat; ich kann das nicht einfach so stehen lassen: Hast du von diesem Milton erfahren, woher die so viel Geld gekriegt haben? Ich sag dir das, weil hier in Cojímar, am Kai, arbeitet ein Schulkamerad von mir, der ein Motorboot hat; er angelt die Fische, die ich dir immer bringe, erinnerst du dich? Er kam mal selber zu dir nach Hause und hat dir den Fisch gebracht, damals, als ich einen Schuss ins Bein gekriegt hatte. Also Juancillo, so heißt mein Schulkamerad, hat mir erzählt, Sambo sei da gewesen, hätte sich nach den Preisen für Schiffe erkundigt und wollte eine Barkasse kaufen. Und weißt du, was so ein Ding kostet? Dreißigtausend Dollars, Väterchen. Wenn ich du wäre, würde ich diesen Milton fragen, ob er es war, der den Hurensöhnen das viele Geld gegeben hat.*

ACHT

Nein, er habe ihnen kein Geld gegeben. Und normalerweise seien sie ständig verschuldet, weil sie alles für Fress- und Saufgelage und Partys mit Nutten ausgeben würden, und dafür sei ihnen jeder Vorwand recht: ob es der Geburtstag eines Freundes war oder die Ankündigung einer Kaltfront, für die man »den Wanst gut anwärmen« musste. Ein Anruf genügte, um es zu erfahren. Und auch Milton begann nun, Dunkelheit zu wittern, wo er bis dahin nur Licht gesehen hatte. Roccos Künste waren wieder gefragt, »und zwar blitzschnell, hör mal, wie ein geölter Blitz! Erkundige dich, wo das Mädchen wohnt, das mit Sambo geht. Sie heißt Fabricia, und Milton meint, sie wird Faby genannt.«

Jetzt steht er vor ihr und geht auf und ab wie ein wildes Tier im Käfig. Obwohl sie zittert und ihre Augen von Rum, Rauschgift und Angst gerötet sind, erinnert ihn die kleine Mulattin ungeheuer an eine Künstlerin, die er in den letzten Jahren sehr liebt - wohl die einzige der modernen nordamerikanischen Sängerinnen, die ihn anspricht: Mariah Carey.

»Ich will alles über ihn wissen, sogar, wie viele Falten der Kerl am Arsch hat.«

Das war die Eröffnung. Rocco hatte ihm gesagt, diese Faby sei »eine ziemlich hübsche Nutte, wirklich«, die mit ihrer Mutter in einem *solar* in der Calle San Rafael wohne. »Der Zufall ist immer ein bisschen erschreckend«, dachte er, denn dieses *solar* kontrollierte einer seiner Leute, Américo, den er selbst Mejiquito genannt hatte, als der Schwarze noch ein bartloser Jüngling war, der kam, um bei Alex als Leibwächter zu arbeiten, auf Empfehlung von *Cusa La Mamma*, der Besitzerin des klandestinen Bordells, in dem der Junge geboren und aufgewachsen war.

Nachdem Mejiquito erfahren hatte, dass es um Alex ging, klingelte er, und als keiner aufmachte, hielt er sich nicht lange bei Feinheiten auf, sondern trat die Tür der kleinen Wohnung von Faby mit dem Fuß ein. »Hier hab ich das Kommando, Väterchen; und wenn dich jemand belästigt oder ärgert, dann schwör ich, dass ich ihn eigenhändig in den Senkel stelle!«

Die Wohnung war eine Katastrophe. In einer Ecke schlief in einem Rollstuhl, nackt, aber mit einem schmutzigen Lappen bedeckt, der einmal ein Laken war, und nur bewacht von einem Batallion Fliegen und einigen Kakerlaken, eine alte Frau, die um die achtzig sein mochte. »Das ist die Mutter von dieser Nutte, Alex; sie hat sie nicht gerade umgebracht, weil man sie dann in Handschellen abführen würde, aber schau dir mal an, wie sie für sie sorgt!«

Sie war eingekotet. Der Kot, eine gelbliche Pampe voller grüner geronnener Klumpen, quoll unter ihrem Hintern hervor, glitt an dem metallenen kleinen Sitz und dem harten Plastikreifen des Rades herunter und bildete eine Pfütze auf dem Fußboden. Es stank. Als wäre alles mit diesem Kot beschmiert.

Die Alte regte sich nicht, als Mejiquito zu ihr trat, sie ein wenig schüttelte und leise zu ihr sagte: »Kommen Sie, Josefina, auf, wir wollen Sie baden!« Mit ziemlicher Anstrengung brachte er sie so weit, dass sie sich erhob, und er trug sie eher als dass er sie führte, aus der Wohnung zu einem kollektiven Badezimmer am Ende des Flurs. Er rief jemanden, und sofort erschien eine Frau, die ebenfalls alt und sehr dick war, und Alex hörte sie sagen: »Ja, mach dir keine Mühe, ich wasch sie schon, das mach ich doch fast immer, nicht?«

»Sie hatte Blutleere im Gehirn, vor ein paar Jahren«, erklärte Mejiquito, und gab einer anderen Nachbarin ein Zeichen, die nach ein paar Minuten mit einem Schrubber und einem Eimer Wasser kam und das Zimmer zu putzen begann. Sie warteten draußen.

Faby kümmere sich nicht einmal darum, ihr etwas zu essen zu geben, und es sei schon an der Tagesordnung, dass sie die Tür aufbrechen und Josefina füttern müssten: ihre Tochter sei häufig drei oder vier Tage lang abwesend. »Wenn sie noch am Leben ist, dann nur, weil ihr hier jeder zu Dank verpflichtet ist. Als sie noch gesund war, gab es im ganzen Haus keine bessere Frau.« Und sie wechselten sich ab, sie zu baden, sie anzuziehen, »weil die dreckige Nutte Faby sie nackt liegen lässt, so, wie wir sie jetzt gefunden haben, damit sie später nichts waschen muss.«

Wahrscheinlich war der tiefe Einblick in die schmutzige Seele dieses Mädchens der Grund, dass Alex gleich so zornig mit ihr sprach.

»Wenn du nicht willst, dass es dir noch schlimmer ergeht als deiner Mutter, dann sprich, Nutte, aber klar und deutlich, du hast mir gleich, als du zur Tür reinkamst, so gut gefallen wie ein Tritt in die Eier, kapiert?«

Faby nickte und schaute ihn dabei mit denselben, von Rum, Rauschgift, Schlafmangel und Angst geröteten Augen an, mit denen sie ihn jetzt wieder anblickt. Sie hat sich im Sessel zusammengekrümmt und die Schenkel eng zusammengepresst. »Wie kann eine Frau, die so schön ist, so ein Miststück sein? Die Natur ist nicht vollkommen, nein«, denkt Alex und wartet auf eine Antwort.

»Ja, er hat viel Geld«, sagt sie, mit Worten, die so strubbelig und wirr sind wie ihre verschwitzten und schmutzigen

Haare, wohl ebenfalls die Auswirkung einer allzu wilden Nacht. »Hier im Zimmer haben sie vor ein paar Tagen einen ganzen Haufen Banknoten gezählt.«

»Ja?«

»Ja«, und jetzt ist ihre Stimme so leise, dass sich Alex vorbeugen muss, um sie zu hören. »Alle waren da. Sie wollen, dass man sie *Bestias* nennt...«

»Die kenn ich«, fällt ihr Alex ins Wort, richtet sich auf und lehnt seinen Rücken wieder gegen die Stuhllehne aus rotem Plüsch.

»Sprich lauter, ich kann dich nicht hören. Also die *Bestias de la Noche*. Und was weiter?«

Sie wollten das Land verlassen, in ein paar Tagen. Sie hätten von einer kleinen Barkasse gehört, die sie mit einem Teil des Geldes kaufen wollten, »und ich hab noch nie im Leben so viel Geld auf einem Haufen gesehen wie an diesem Tag.« Sie werde mit Sambo mitfahren. Er selbst habe ihr versprochen, dass sie drüben, im Norden, weiterhin seine Frau sein werde. Mehr wisse sie nicht.

»Was soll das heißen, mehr weiß ich nicht?« fährt Alex sie an, nimmt sie am Kinn und nötigt sie, ihm in die Augen zu schauen. Sie schlägt die Augen nieder, aber man merkt, dass sie zuhört. »So viel ich weiß, hat Sambo kein Maschinchen, das Banknoten druckt. Also woher kommt das Geld? Sagst du's mir, oder muss ich dich dran erinnern, dass ich gute Lust hätte, dich in den Rollstuhl zu bringen, genau wie deine arme Mutter? ... Raus mit der Sprache, verdammt! Du weißt genau, wo dieser Geldregen herkommt!«

Jetzt lässt Faby, noch stärker zitternd, aber ohne eine einzige Pause, fast ohne Atem zu holen, ihrer Zunge freien Lauf: es ging um ungefähr zehntausend Dollar, vielleicht auch mehr, das weiß sie nicht genau. Aber sie will gesehen haben, wie sie hier, auf dem Küchentisch, die Banknotenbündel zählten; dabei hätten sie gelacht und geprahlt, sie kämen mit der Ladung Drogen, die sie zusammen mit diesem Geld geklaut hätten, auf eine runde Summe und könnten ganz oben einsteigen, »ein Leben wie die Millionäre, drüben in Amiland«, wie sie sagten. Sie selbst habe sich auch gefreut. Sie habe Angst gehabt, sehr große Angst, seit Sambo ihr eröffnet habe, dass sie weggehen würden. Sie habe oft von Leuten gehört, die das Land verlassen und es gut getroffen hätten, aber auch von sehr, sehr vielen, die mehr schuften mussten als ein Arsch mit Durchfall und ohne Klopapier. Mit diesem Geld habe sie wenigstens die Sicherheit, dass sie nichts entbehren müssten, und weil Sambo ins Schleppergeschäft einsteigen und Leute aus Kuba rausholen wolle, mit dieser Barkasse, die sie in Cojímar kaufen würden, und der Jacht seiner Schwägerin, würde sie drüben bestimmt wie eine Königin leben, denn »wenn ich von diesem ganzen Geschäft etwas verstehe, dann das, dass Sambo nach mir verrückt ist.«

Alex grinst. Er weiß, dass das, was er vermutet hat, wieder einmal genau an der richtigen Stelle ins Puzzle passt. War es das Geld, das Francis Milton geben sollte und das nie seine Bestimmung erreichte? Und das Rauschgift, das Faby erwähnt hat, konnte es die Ware sein, die die *Bestias* versteckt halten sollten, bis ein anderer Käufer auftauchte? Wenn dem so war, dann waren Sambo und die *Bestias* in keinster Weise loyal, alles gelogen: so besehen, konnten auch sie es gewesen sein, die den Spanier, Ramiro und seine Schwester Zulema umgebracht hatten; vielleicht hatten sie sogar vor, die fünfzig Kilo Kokain selbst zu behalten, die Milton vor kurzem nach Kuba eingeschleust hatte. Er hat das Gefühl, dass er zu aller Wohl diesen beiden Details nachjagen muss.

»Schau mal, Mädchen«, sagt er, als wollte er ihr gut zureden, aber auf ironische und bedrohliche Art, nimmt wieder ihr Kinn und hebt ihr den Kopf, bis ihr Gesicht fast an seinem klebt. »Zufällig, so wollen wir's mal nennen, zufällig hatte ein Pepe genau diese Summe dabei und wollte sie einem Freund von mir geben. Aber das Geld machte Puff! und war verschwunden, wie durch Hexerei. Kommt dir das nicht merkwürdig vor?«

Francis. »Er heißt Francis«, stößt Faby hervor, als würde sie Alex eine Kugel mitten ins Gesicht schießen. Das sei der Name, den Sambo mehrfach genannt habe, als sie das Geld zählten. »Er war ein Spanier, doch, ja, ich glaube schon... Sie machten sich sogar lustig und erzählten, wie dumm er aus der Wäsche geschaut hat, als Macuto, der schlimmste von allen, eine richtige Bestie, ihm mit dem Messer den Bauch aufgeschlitzt hat.« Danach hätten sie noch zwei Leute umgebracht, aber sie wisse nicht, wen. »Von denen haben sie nicht gesprochen.«

Alex gibt einem seiner Neffen ein Zeichen und sagt ihm, als er näher tritt und sich zu ihm beugt, etwas ins Ohr. Milton solle überprüfen, ob sich die Ware, das Rauschgift, noch an dem vereinbarten Ort befand. Der Junge imitiert liebevoll-spöttisch einen militärischen Gruß, schnarrt: »Zu Befehl, Onkel«, und geht über den Flur zum Ausgang des *solar*.

Faby zittert wie Espenlaub. Sie hat den Kopf eingezogen, ihr Blick bohrt sich in die kaputten und schmutzigen Mosaiksteinchen des Fußbodens, und Alex hört ihren Atem pfeifend gehen wie bei einem Tier, das erstickt. »Ja, schön ist sie, die Schlampe«, denkt er, und dass keiner, der sie so sähe, geduckt, wehrlos, ein in die Enge getriebenes Tier, sich vorstellen könnte, wie viel menschliche Niedertracht sich hinter dieser Vollkommenheit verbarg. »Wer seine Mutter nicht liebt, der liebt keinen.« Diese Redensart fällt ihm ein, so gängig in Kuba zu einer Zeit, in der man Tag für Tag mehr Frauen findet, die ihr Kind auf einen Müllhaufen geworfen oder gleich im Krankenhaus gelassen haben. Oder Kinder, die ihre Eltern in einer Ecke der Wohnung halten, damit sie an Schmutz und Verlassenheit eingehen; es gibt sogar, wie der letzte schreckliche, in seiner Unmenschlichkeit beschämende Fall im Viertel zeigt, Mütter, die Neugeborene in Plastiktüten stecken, ersticken lassen und dann ins Meer werfen, die Tüte mit Steinen beschwert, damit die Leiche nicht wieder auftaucht.

Daran denkt er, als sein Neffe zurückkommt, in großer Eile und heftig nickend..

»Milton ist selbst hingegangen, Onkel. Es war ganz in der Nähe, wo sein Sohn wohnt... Und die Ware war auch weg.«

»Siehst du?« Alex wendet sich an Faby, die den Kopf immer noch gesenkt hält, sodass er beinahe zwischen den Schulterblättern steckt. »Das ist wirklich ein Hammer, und ich kann dir schwören, dass mein Freund Blut sehen will. Hast du schon mal den Namen Milton gehört?«

Er sieht sie nicken, wie ein Kind, das abgestraft wird, verschüchtert und ganz kurz. Es entgeht ihm nicht, wie sie versucht, ihre Frisur in Ordnung zu bringen, sie mit beiden Händen glattzustreichen und ihre Gelassenheit wiederzufinden, die aber sofort in den Schaudern untergeht, die ihren Körper hilflos, kindlich, zerbrechlich wirken lassen.

»Ich hab ihn ein paar Mal bei Sambo gesehen«, sagt sie.

»Dann weißt du auch, dass mit ihm nicht zu spaßen ist, stimmt's?«

Er macht eine ziemlich lange Pause, während der nur das kranke, erkältete Hüsteln von Mejiquito zu hören ist, heiser, immer wieder, wie ein Alarmruf, damit die Stille nicht alles beherrscht. Und man hört Fabys Finger knacken, an denen sie in offensichtlicher Nervosität herumzerrt. »Jetzt ist es Zeit, die Schraube bis zum Anschlag anzuziehen«, denkt Alex und gibt einem seiner Neffen ein verdecktes Zeichen: sie haben vorher abgesprochen, was sie machen, wenn sich die Möglichkeit abzeichnet, die Dinge zu beschleunigen. Faby spürt, wie eine Hand sie wie ein Schraubstock packt und ihr die Stirn nach hinten drückt, sie krümmt sich zusammen, verkrampft die Muskeln unter der kalten Drohung der Messerklinge, die sie erwartet, scharf und gierig, an ihrer Kehle. Sie beginnt zu wimmern.

»Tag und Uhrzeit der Abfahrt!« stößt Alex hervor, mit einem spöttischen Blick, von dem er weiß, dass er das Mädchen noch tiefer in die Panik treiben wird.

»Am Samstag... um zwei Uhr früh... an diesem Strand, El Mégano... Sie werden im Haus Nummer 23 warten«, antwortet Faby schleppend und zieht die Nase hoch, ohne den glasigen, zu Tode erschrockenen Blick von der schwarzen, knotigen Hand mit dem Messer zu nehmen, das ihr beinahe in den Hals schneidet.

»Und wo sind sie vorher, zum Beispiel jetzt?«

»Das weiß ich nicht, das weiß ich nicht«, murmelt sie. »Er kommt, holt mich ab und fertig. So ist es immer.«

»Aber natürlich, Kleines!« Alex' Stimme klingt ziemlich ironisch, in bedrohlicher Weise väterlich. »Denk noch mal gut nach!«

»Manchmal treffen sie sich im *Palermo*.«

Ein weiteres Zeichen, und der Junge lässt Faby los, die sich in Embryohaltung zusammenkauert und noch lauter weint. »Ich hab nichts getan, bitte, tut mir nichts!« wiederholt sie wie eine kaputte Schallplatte. Ihm geht das Gejaule auf die Nerven. Er herrscht sie an, still zu sein. Mejiquito selbst geht zu ihr, packt sie an den Haaren und zwingt sie, den Kopf zu heben. »Sei still, verdammt! Sonst spielst du doch auch immer die große Heldin!« Alex sieht, wie die Nutte die Nase hochzieht und ihre Tränen runterschluckt.

»Soll ich dir einen guten Rat geben, Faby?« sagt er nun und sieht, dass sie den Kopf hebt, schief, ängstlich oder vorsichtig, als erwarte sie einen neuerlichen Schlag oder den eiskalten Biss des Messers.

Es sei am besten, wenn sie verschwinden würde. Dass nicht einmal Sambo sie fände und sich gezwungen sähe, sie in Kuba zu lassen.

»Denn wenn du dabei bist, wenn sie abhauen wollen, ist dein hübscher kleiner Arsch keinen Centavo wert.«

Er erhebt sich und streckt die Hand nach Mejiquito aus, der ihm zuzwinkert und erklärt: »Ich bin da, wenn du mich brauchst, Väterchen«, leise und voller Wärme. Alex legt ihm den Arm um die Schultern, aber als sie auf den Flur hinaustreten wollen, fällt ihm noch etwas ein und er dreht sich zu Faby um.

»Ich hab da noch eine Kleinigkeit vergessen«, sagt er zu ihr. Sie sitzt da, noch immer zitternd, die Hände im Schoß übereinandergelegt, die Augen noch röter von den letzten Tränen. »Diese Toten sind in einem von meinen Gräbern gefunden worden, auf dem Friedhof. Was weißt du darüber?«

»Sambo sagte, Milton hätte ein Grab... auf dem Friedhof... wo man ein paar Tote reinwerfen könnte... ich glaube, von einem Job, oder so was«, stößt sie hervor, in abgehackten Sätzen, ihre Nase ist immer noch zu vom Schleim und dem Weinen. »Mehr weiß ich nicht darüber, das schwör ich bei meiner Mammi.«

Alex schaut zu der Alten, die nun, geduscht und angekleidet, in ihrem Rollstuhl sitzt; ihr Blick verliert sich wohl in den Blümchen eines großen Pflanzenkübels, der in ihrer Nähe steht. Er kann es nicht genauer erkennen: ihr Blick zeigt dieses Nichts, diese Leere, die er auch in den offenen Augen mancher Toter gesehen hat. Er weiß, dass das Mädchen von hier weggehen und nie mehr von ihrer Mutter hören wird.

Sie wird nichts mehr von ihrer Mutter wissen wollen. Die Alte wird eines Tages sterben, aber immerhin wird sie – und in diesem Glauben wird er bestärkt, als er sieht, wie die Hand der Dicken der Greisin mit spontaner, ganz ungekünstelter Freundlichkeit übers Haar streicht – in ihren letzten Jahren von Leuten umgeben sein, die sie lieben, obwohl ihr Blut nicht in ihren Adern fließt.

»Noch ein guter Rat, Kleine«, sagt er und weiß, dass er es mit wildem, total aggressivem Blick tut. »Wenn du etwas ausplauderst, kannst du Gift drauf nehmen, dass du in die Grube fährst, und zwar noch früher als deine liebe Mammi, bei der du eben geschworen hast, kapiert?«

Sie haben sich dünne gemacht, Väterchen; nicht mal die Geisterbeschwörer haben Kontakt zu ihnen. Wir haben getan, was du uns aufgetragen hast: ich hab mich in der Gegend um das Palermo *umgehört, um rauszukriegen, ob das stimmt, was die Nutte gesagt hat; dein Neffe und die Freundin sind rübergegangen, in die Gegend zwischen Calle Monte, Calle Reina und dem Hauptbahnhof; die andern beiden Jungs haben den Parque Central durchkämmt, bis nach Alt-Havanna, und* El Zurdo, *dein Nachbar, der wie ein anständiger Mensch aussieht, hat in den Hotels die Kontaktmänner befragt, von denen du ihm die Namen gegeben hast. Nichts, aber auch gar nichts. Als hätte die Erde sie verschluckt. Und bedenke: damit ein paar schwarze Kerle wie die verschwinden, einfach so, müssen sie gut vorgearbeitet haben. Im* Palermo *haben sie sich schon fast einen Monat nicht blicken lassen, vielleicht auch weniger, aber in etwa stimmt's. An den anderen Orten hat sie schon ziemlich lange keiner mehr gesehen. Aber es wird schon gemunkelt, dass die* Bestias *in den Norden wollen.*

Vom Palermo *bin ich nach Cojímar rüber. Aber sie haben mich gelinkt, Väterchen: sie sind mir zuvorgekommen. Ich dachte, ich hätte noch genug Zeit und würde sie dort erwischen, wenn sie kommen und die Barkasse kaufen, aber ihr seht ja: sie waren schneller. Der Verkäufer selber hat mir gesagt, dass sie zwei Tage früher als verabredet mit dem Geld aufgetaucht seien. Er hätte ihnen das Boot sogar noch streichen wollen und schon eine Gallone neue Farbe gekauft. Sie hätten geantwortet, er solle sich keine Gedanken machen: sie würden es so mitnehmen, wie es sei.*

Und sie haben es mitgenommen. Wohin? Das weiß ich nicht, Väterchen. Diese Nachricht ist allerdings ziemlich schlecht und wenig greifbar: der Verkäufer hat gesehen, wie sie rausfuhren, mit Kurs auf die Strände im Osten.

Natürlich sind sie nicht weg. Das hat El Zurdo *rausgekriegt, von der Schwester von einem von den* Bestias. *Bevor ich hierher kam, war ich bei ihm zu Hause, und er meinte, ich soll dir diese Informationen schon mal weitergeben. Das Mädchen arbeitet in einem Hostal in der Calle Tejadillo, das genau wie die Straße heißt. Dank Mejiquito sind wir auf sie gestoßen. Als wir gegangen waren, hat Mejiquito die Nutte, diese Faby, geschlagen. Er wollte noch mehr wissen. Er meint, er hätte gerochen, dass uns dieses Miststück auf die Spur von diesen Schweinehunden bringen könnte. Es sei ganz klar. Er hätte ihr zwei Veilchen verpasst und ihr sogar eine Glasscherbe durchs Gesicht gezogen. Klar, dass sie gesungen hat. Wer plaudert nicht alles aus, sogar Sachen, die er gar nicht weiß, wenn man ihm die Wange mit dem scharfen Rand einer kaputten Flasche aufschlitzt? Sie hätte zwei von den* Bestias *gut gekannt, und sie hätten sie mit der Schwester von dem einen und den beiden Nichten von dem andern, die bestimmt Zwillinge sind, bekannt gemacht. Wir also nichts wie hin zu denen und die gleiche Methode verwendet: bei diesen Nutten darfst du keine Schwäche zeigen, sonst stellen die sich dumm und sagen schließlich nicht die Hälfte von dem, was sie wissen.*

Jetzt ist sie bei El Zurdo *zu Hause, die Schwester von dem einen, und er wartet, bis die Luft wieder rein ist und er sie gehen lassen kann. Also die hat Mumm in den Knochen! Sie hat sich gewehrt, dass du's kaum glaubst. Kein Wort hat sie rausgelassen. Sie haben's damit probiert, dass sie ihr einen Fingernagel abreißen, du kennst das, wir sagen immer »Nägel schneiden« dazu, aber sie hat keinen Ton gesagt, Väterchen. Dann hat* El Zurdo *einen blonden Alten gerufen, der dort wohnt, ein eingefleischter Schwuler, der sagt, ihr kennt euch seit der Kindheit. Ich glaub, sie haben ihn Guerrita genannt, weil er, kaum war er da, mit allem und jedem Streit angefangen und sich sofort mit der Nutte angelegt hat. Danach hab ich gehört, dass er mit Familienname Guerra heißt, Krieg. Und die Koseform* Guerrita *passt überhaupt nicht, mit dem schwulen Bock ist nicht zu spaßen. Der hat eine Seele schwärzer als die Nacht. Auf der Stelle, vor allen anderen, reißt er dem Miststück die Kleider vom Leib, befiehlt ihr, die Beine breit zu machen, und sagt: »Wenn du deine haarige Fotze nicht verlieren willst, dann sag was, Kleine... ich bin schwul und hab mir vorgenommen, euch alle aus dem Weg zu schaffen, damit wir die Kerle für uns alleine haben!« Dann fängt er an und verbrennt ihr das Ding mit der Zigarette so wie in den Filmen und Fernsehserien, wo die Nazis die Gefangenen foltern. Die Schreie haben mich fast um den Verstand gebracht. Ich musste rausgehen. Und das ist keine Schwäche, Väterchen, aber um die Wahrheit zu sagen: es ist zum Kotzen, wenn du siehst, wie sie mit einer Frau so eine Scheiße veranstalten, auch wenn sie noch so ein Dreckstück ist. Aber sie wollte nicht reden. Sie hat geheult und geschrieen und versucht* sich zu befreien, aber kein Wort von dem, was wir wissen wollten.

Guerra ist der Kragen geplatzt, er hat die Zigarette ausgemacht, ein Streichholz angezündet und ist mit der Flamme an den Kitzler, an die Klitoris gegangen, die war lang, ganz schön lang. Das haben sie mir dann erzählt. Ich war immer noch draußen. Und du kannst dir schon denken, wie die Nutte jetzt gesungen hat, mehr als diese Montserrat Caballé, die Sängerin aus Barcelona.

Jetzt haben wir alles erfahren: Die Bestias sind nicht weg. Der Beweis: ihr Bruder hätte ihr gesagt, er würde vorbeikommen und die alte Frau abholen, ihre Mutter, am Samstag Vormittag, und wenn sie, die Schwester, auch von Kuba weg wollte, bräuchte sie es ihm nur zu sagen. Als sie gesagt hätte, sie wollte nicht, hätte er ihr an die tausend Dollars dagelassen. Sie wollte ihre zwei Kinder nicht einfach so in ein Abenteuer stürzen, weil die Hälfte von den Leuten, die abhauen, nie ankommen, wie sie sagt, obwohl es mit der Barkasse sicherer wäre. Außerdem könnte es passieren, dass sie draußen auf dem Meer erwischt würden, bevor sie Florida erreichen, und dann zurückgebracht werden, genau wie viele andere schon, und dann wäre sie die Arbeit in diesem Hostal los, die anständig ist, gutes Geld bringt und wo man sich nicht halb tot schuften muss.

Also abwarten. Ich halte weiterhin die Ohren offen, ob ich was rauskriege, aber meine lange Nase sagt mir, dass wir schon alles im Sack haben, was zu kriegen war. Ich hab's dir schon mal gesagt: wenn du, so wie die Bullen, ein »Verhaftungskommando« auf die Dreckskerle ansetzen willst, dann weißt du, wo du mich findest. Rocco, Absolvent der Universität der Straße, weil ihm nichts anderes übrig blieb, schuldet dir großen Dank, Väterchen; und ich weiß meine Schulden zu begleichen.

»Die Geschichte ist für den Arsch«, denkt er und reicht Milton ein Glas Havanna Club »Añejo Reserva«.

So war es vor Jahren. Jetzt, als er die Türglocke hörte und nachsah, wer da war, musste er den Philosophen Recht geben, die behaupteten, das Leben sei ein Kreis, der sich immer wieder öffne und schließe. Den Beweis hat er hier vor Augen: Milton ist bei ihm zu Hause und sitzt genau so da, wie er vor über dreißig Jahren gesessen hat, als er kam, um sich zu verabschieden. Wie war es damals? Er weiß es nicht genau. Der Nebel, den die Ereignisse so vieler Jahre in seinem Kopf hinterlassen haben, der Verlust so vieler Freunde durch das schauerliche Ungeheuer, das man Exil nennt, die zerbrochenen Geschichten von Menschen, die er einmal geliebt hat, vermischen sich in seinem Kopf und lassen ihn keinen klaren Gedanken fassen. Er weiß nur, dass Milton einmal da war, dass er jetzt da ist und dass er denselben Satz sagt:

»Ich gehe jetzt, Väterchen!«

Und wieder erinnert er sich an dasselbe: Milton bricht nicht von dem Hafen auf, wo, wie in dem alten mexikanischen Lied, die Goldene Barke liegt; er bricht einfach auf - damals zu dem Ort, an dem er die einzige Chance sah, weiterzuleben, und heute in das Land, wo er das Huhn mit den goldenen Eiern versteckt hält; aus diesem Gold sind auch seine dicken Armkettchen, seine Uhr und die übertriebene Anzahl seiner Halsketten gemacht. Für Alex ein weiteres Zeichen, dass die Jahre den Vorlieben seines Freundes nichts anhaben konnten: die *Santa-Juana-Ketten*, mit denen er von der Sierra kam, wirkten damals ebenso übertrieben am Hals des rothaarigen und sommersprossigen Mulatten, der ihm heute zulächelt.

»Wenigstens hab ich dich wiedergesehen, Mensch!« hört er ihn sagen. »Ich hab schon gedacht, du würdest dich ins Grab legen, ohne dass wir uns noch mal begegnen!«

»Du weißt doch, Unkraut...« will Alex ihn erinnern, aber Milton fällt ihm ins Wort.

»...vergeht nicht. Ich weiß, Mann. Aber wenn man in unser Alter kommt, wird einem klar, dass es bloß ein Sprichwort ist.«

Sie stoßen mit den Gläsern an und lassen sich den Rum auf der Zunge zergehen, ohne einander anzuschauen: Milton starrt auf das Foto von Patty, die ihm aus dem goldenen Rahmen zulächelt, in dem sie eingeschlossen ist; Alex versucht mit gesenktem Kopf, sich auf den Glanz der frisch polierten Schuhe des Freundes zu konzentrieren. Er weiß, das Ende ist wieder einmal gekommen. Und es macht ihn wütend. Er kann sich nicht daran gewöhnen, dass jedes Mal, wenn er ein Problem gelöst hat, etwas verloren geht, als sei sein ganzes Leben als klandestiner Bürgermeister - nicht gewählt, aber akzeptiert von der Bevölkerung dieses Viertels – eine Kette erzwungener Begegnungen und Trennungen, jähen, ja irrationalen Besuchen und Abschieden.

Das Jahr, das hinter ihm liegt, war ziemlich hart. Als er den Mistkerl gefunden hatte, der harte Drogen an die Kinder einer Primarschule verkaufte, im Barrio de Dragones, landeten drei Leute hinter Gittern, weil er Alain nicht überzeugen konnte, dass die Polizei sich heraushalten sollte, und er selbst hatte den Befehl geben müssen, einen jungen Kerl umzubringen, der allzu rebellisch und verstockt geworden war; trotzdem war und blieb er für ihn einer der besten Kindheitsfreunde seiner Tochter Patty. Monate später misslang ihm der Versuch, eine kleine Spanierin zu retten, die von den neuen Drogenbossen benutzt wurde, um Kokain aus Spanien ins Land zu bringen. Die Hurensöhne brachten, um keine Zeugen zu haben, gleich die drei anderen Spanier mit um, die sie bei dieser Reise begleitet hatten; dann wieder musste er die Exekution eines Mannes befehlen, der sein Vertrauen besessen und ihn hintergangen hatte, um sich von den Chefs der Drogenszene Havannas kaufen zu lassen. Die traurigste Geschichte hatte sich zugetragen, als er, ebenfalls dank der Hilfe von Teniente Alain, den Fall der Zwölf Apostel lösen konnte, jener unglücklichen Transvestiten, die er immer noch hasst, obwohl er sich schon über hundert Mal gesagt hat, dass sie nicht als einzige Schuld hatten am Tod von Patty, dem strahlenden Mädchen, zu dem er aufblickt.

Milton merkt, dass ihre Blicke sich bei dem Bild des Mädchens treffen, fast zusammenstoßen. Er schaut den Alten an.

»Du hast Talent zum Kinder machen, Alex!« sagt er.

Alex nickt und lächelt, immer noch hingerissen von der strahlenden Lebensfreude, die seine Tochter von der anderen Seite des Glases aus verbreitet. Wie lange noch würde er sich damit abfinden müssen, dass er Tag für Tag mehr verlor? Dass er allmählich alleine zurückblieb, wie in dem Lied von Carlos Varela, das Camila so liebt, die Frau von Alain, die immer allen beweisen möchte, dass dieser »Dämon in Schwarz«, wie sie ihn nennt, der beste Sänger des Landes ist. Er hat seine Zweifel. Bisweilen findet er, das schlimmste Symptom des Alterns sei, die gegenwärtige Zeit nicht zu verstehen. Deshalb spricht er es aus:

»Hast du schon mal erlebt, dass du die heutige Zeit nicht verstehst?«

Der Sommersprossige schaut ihn sekundenlang an, den Kopf schief gelegt, wie unschlüssig, dann wandert sein Blick wieder zu Pattys Gesicht.

»Eine Frage der Anpassungsfähigkeit, Mann«, antwortet er. »Es fällt einem schwer, weil man alt wird und es mehr Mühe kostet. Schau mal: genau das, die Treue zum eigenen Chef, war das Gesetz unserer Zeit. Heute ist Treue keine Sünde, sondern Selbstmord, Schwachsinn. Glaubst du, mir wäre es leicht gefallen, das zu begreifen?«

»Dann hast du also damit gerechnet, dass dich die *Bestias* hintergehen würden?«

Nein, das nicht. Er kann immer noch nicht glauben, dass Havanna von solchen Leuten nur so wimmelt, wie man ihm gesagt hat, Leute ohne jeden Skrupel, ohne einen Anflug von jener Treue, die es glücklicherweise immer noch gibt, wenn sie auch im Begriff steht auszusterben. »Und sie waren wirklich dumm, Alex.« Das war es, was ihn erschreckte, nicht die Tatsache des Verrates an sich. »Bei mir haben sie mehr Geld gemacht als je zuvor in ihrem ganzen Leben; und mehr als sie drüben machen können, falls sie es bis ins Amiland schaffen.«

»Das hier ist das einzige Land, in dem solche Dinge passieren, Milton«, sagt Alex und nimmt wieder das Glas Rum zur Hand, das er vor wenigen Minuten, nach einem langen, in der Kehle brennenden Zug, am Boden abgestellt hat. »Das musst du doch wissen, wo du draußen lebst.«

Kuba, das Paradies der Verbrecher. »Weißt du, wie viele arme Teufel mir schon gesagt haben, dieses Land sei nichts als Scheiße, Milton? Ich kann sie gar nicht mehr zählen.« Die Menschen würden irgendwann wütend, die treuherzig den offiziellen Darstellungen im Fernsehen geglaubt, die Parolen beherzigt und von dem versprochenen besseren Leben geträumt hätten, das kommen würde, wenn sie sich nur bei der Arbeit Mühe gaben, und dann Jahr für Jahr doch nur ein elendes Gehalt nach Hause brachten und zusehen mussten, wie ihre Pesos für zwei oder drei Kleinigkeiten draufgingen und ihnen kaum ein elendes Auskommen sicherten, während diejenigen, die »nie einer anständigen Arbeit nachgehen, sondern jeden Tag Schwarzmarkt-Geschäfte machen, in Saus und Braus leben«, mit Luxus und vielen Privilegien und einem Wohlstand, von dem die anderen nicht einmal träumen konnten.

»Das Leben in unserem schönen Kuba wird immer schwieriger«, schloss Alex, anklagend und kategorisch.

»Und diese Kerle, Sambo und seine Leute, kannst du die irgendwie zu fassen kriegen? Ich gebe zu, mir sind sie durch die Lappen gegangen«, sagt Milton und zeigt dem Alten sein leeres Glas.

Alex wiegt den Kopf, wie um zu sagen »Du wirst dich nie ändern, Milton«, nimmt das Glas, das der andere ihm reicht, und geht zur Hausbar, um es zu füllen. Wo er schon dabei ist, füllt er sein eigenes gleich mit. Etwas in ihm gibt ihm Blinkzeichen, mit dem Sommersprossigen anzustoßen, er sei doch wohl das letzte Mal mit ihm zusammen. Das Haus liegt still da und sie spüren, sie haben genug Zeit, um ihre Erinnerung durch die ersten Jahre streifen zu lassen, als sie die Stadt unsicher machten, die dort draußen in der Umarmung der Nacht allmählich ihr Licht verliert. Seine Familie ist für drei Tage ans Meer gefahren, und Alex hat sich vorgenommen, morgen bei ihnen zu sein, nachdem er Licht in gewisse Dinge gebracht hat, und das Haus zu genießen, das sie in Guanabo gemietet haben. Und die Sorgen zu vergessen. Das braucht er dringend. Tun können, was er seit vielen Jahren nicht tun kann: sich auf einen Felsen setzen, aufs Meer schauen und es dem Salpetergeruch und dem Donnern der Wellen gegen die Riffe zu überlassen, die letzte Kruste und die winzigsten Krumen dieses Überdrusses zu entfernen, der auf ihm lastet und ihn wie ein klebriger, heißer Nebel betäubt.

Er kehrt zu Milton zurück und sieht, dass er an der goldbraunen Flüssigkeit schnuppert, wie es ein erstklassiger Koster tun würde. Er setzt sich wieder und schlägt die Beine übereinander.

»Was soll ich tun?« sagt er mit Blick auf Milton.

»Ich weiß nicht, was du tun kannst«, stellt der Sommersprossige klar, diesmal ernst, mit einem Funken Ärger, den sein gerötetes Gesicht preisgibt. »Die Wahrheit?«

»Ja, die Wahrheit«, antwortet Alex und schaut zu, wie Milton aufsteht und zu dem Foto von Patty geht. Er betrachtet sie sekundenlang, und Alex respektiert sein Schweigen. Er weiß, in seinem Freund tobt ein Gewitter ohnmächtiger Wut, das er unter dieser gelassenen Haltung zu verbergen sucht. Ob er es zugibt oder nicht, Kuba ist nicht mehr sein Territorium.

»Ich würde ihnen bei lebendigem Leib die Haut abziehen, wenn ich sie erwischen würde«, hört er ihn sagen. »Oder ich würde sie im Gefängnis verfaulen lassen.«

»Das ist besser«, unterbricht ihn Alex und legt sich mehrmals einen Finger an die Schläfe, wie um Milton ins Gedächtnis zu rufen, dass er klug sein soll. »Im Gefängnis werden sie sein, mach dir keine Sorgen, und sie werden wissen, dass sie dort sind, weil sie uns reinlegen wollten.«

Er erhebt sich aus dem Sessel und geht zum Telefon. Nimmt das mobile Sprechteil und setzt sich wieder, legt die Beine wieder übereinander und lehnt sich gegen die breite Rückenlehne. Begrüßt den Menschen am anderen Ende der Leitung, ja, der Familie gehe es gut, Liudmila, die Kleinste seiner Nichten, habe Scharlach, »hör mal, das war eine Krankheit, die die schwarzen Sklaven hatten..., nein, nein, das ist der Beweis, dass wir wie die Tiere leben.« Und er bitte um einen Gefallen. Eine illegale Lösung für ein Problem.

»Sie haben fünfzig Kilo Koks dabei...«

»...«

»Jawohl, Koks. Ach, und ein Köfferchen mit einhundertfünfundzwanzigtausend Dollars, oder so ungefähr, sie können natürlich schon was ausgegeben haben.«

»...«

»Selbstverständlich Dollars, *compadre.* Kannst du etwas für mich tun?«

Er nickt Milton zu und muss über etwas grinsen, wie einer, der die Antwort erwartet hat, die er jetzt hört.

»Den Koffer nicht«, erläutert er dem anderen, jetzt mit harter, gebieterischer Stimme. »Einer meiner Neffen wird da sein, ich weiß nicht welcher. Du kennst sie beide. Du weißt ja, wie du vorgehst: wenn jemand fragt, gibst du dich als Zollinspektor aus oder so ein Märchen. Okay?«

Er nickt wieder. Nutzt die Gelegenheit, dass ihm am anderen Ende etwas erklärt wird, um einen Schluck zu nehmen, der ihn wieder in der Kehle kratzt. Er räuspert sich, legt die Hand aufs Mikrofon und schaut Milton an.

»Würde es dir was ausmachen, wenn du fünfundzwanzigtausend verlierst?« sagt er mit etwas gedämpfter Stimme, in komplizenhaftem Ton.

Milton schüttelt den Kopf mit einem Ausdruck der Verachtung, typisch für einen Menschen, dem diese Zahl völlig unbedeutend erscheint im Vergleich zu dem, was er sonst verlieren würde, und Alex gibt ihm ein Zeichen, dass alles in Ordnung sei, indem er mit Daumen und Zeigefinger der rechten Hand einen fast vollkommenen Kreis bildet.

»Pass auf...« sagt er zu dem Zuhörer am anderen Ende der Leitung, »von dem Geld im Koffer sind fünfundzwanzig Riesen für euch. Du wirst schon wissen, wie du sie einsetzt, um die bösen Zungen zum Schweigen zu bringen. Den Rest gibst du meinem Neffen.«

Er fängt an sich zu verabschieden, »...also, du weißt ja, wo du mich findest, alter Schwerenöter, und danke für den Gefallen«, als er sich mit der offenen Hand gegen die Stirn schlägt, als sei ihm noch etwas Wichtiges eingefallen.

»Hör mal, warte noch!« unterbricht er sich hastig und grinst bösartig, beinahe satanisch, zu Milton herüber, der wieder einen Schluck nimmt. »Ganz wichtig: Milton Fuentes, merk dir diesen Namen!«

Und wenn sie - »sie nennen sich *Bestias de la Noche*« – bei der Festnahme diesen Namen erwähnten, solle man ihnen sagen, das hätten sie sich nur ausgedacht, um die Schuld von sich abzuwälzen, denn dieser Milton »ist vor langen Jahren in den Norden gegangen und dort umgebracht worden, verstehst du?« Er würde ihnen, wenn sie erst sicher hinter Gittern säßen, schon klarmachen, dass sie aus zwei ganz einfachen Gründen dort hingekommen seien: wegen Dummheit und wegen Verrat.

»Und du weißt genau, was mit denen passiert, die den alten Alex Varga verraten, stimmt's?«

Etwas veranlasst ihn, erneut zu nicken und einige Sekunden lang zuzuhören. Dann wirft er ein »Also, *hermano*, pass auf dich auf und sieh zu, dass du mal ein bisschen Zeit übrig hast und auf einen Sprung vorbeikommst!«

»Alles geregelt«, sagt er zu Milton, legt das Telefon neben sich in den Sessel und steht auf.

Er tritt ans Geländer, um die Stadt zu betrachten. Die Finsternis über der Stadt. Die Lichter der Häuser durchbrechen, riesigen Glühwürmchen gleich, die massive Schwärze der Nacht über der Stadt. Er hört, wie Milton zu ihm tritt. Sieht, wie er sich ebenfalls mit den Ellbogen auf das Geländer stützt, und wieder kommt ihm der Gedanke, dass die Philosophen vielleicht Recht haben: das Leben ist ein Zyklus von Wiederholungen, der sich öffnet und schließt; ein fliegender Bumerang, der zu dem Ort zurückkehrt, von dem er irgendwann ausging.

»Wann willst du los?«

»Früh«, antwortet Milton. »Mit dem ersten Flug. Ich hab hier nichts mehr zu tun.«

»Darf ich dir eine Frage stellen?« sagt Alex. Er weiß, es ist der Moment, um gewisse Lagunen aufzufüllen, einige Löcher zu stopfen, die kleinen Löcher offener Fragen, die wie Lichter blinken in jenem Winkel des Gehirns, wo man böse Vermutungen und halb geklärte Wahrheiten verbirgt.

Eine Frage, die ihm die ganzen Tage im Kopf herumgegangen ist, seit er weiß, dass es tatsächlich der sommersprossige, der einohrige Milton ist, der Freund seiner frühen Jahre, der nach Kuba zurückgekehrt ist und dem es gelingt, unvorstellbare Transaktionen zu tätigen, sich in völliger Freiheit in Milieus zu bewegen, die traditionell zum Verrat neigen und den übrigen Drogenhändlern feindlich gesinnt sind, und der Dinge erreicht, von denen andere Capos der Drogenmafia, neue oder alte, Neulinge oder Experten, nicht einmal träumen können.

Milton antwortet nicht, aber in der Ruhe seines Blickes liest Alex ein Ja, und dass er endlich mit seiner Frage herauskommen soll.

»Wie machst du's?« fragt er schließlich.

»Was meinst du damit? Wie mache ich was?«

»Ich weiß nicht... schau mal, wir haben es geschafft, eine Menge Dinge unter unsere Kontrolle zu bringen, du hast es ja gesehen... die Korruption in unserem Land macht's möglich.« Er ringt um Worte, unbehaglich, als versuche er, das Unangenehme seiner Worte zu mindern, das sein Freund übel nehmen könnte. »Aber nicht einmal so, Milton... nie könnten wir das tun, was du tust.«

»Komm auf den Punkt, Mann, bitte!« fleht Milton. »Du nimmst doch sonst kein Blatt vor den Mund!«

»Deine Bewegungsfreiheit in unserem Geschäft, das meine ich«, präzisiert Alex nun. »Du reist ein und aus, wie sonst niemand... bringst Drogen rein, die sonst keiner reinbringen kann... deine Kontakte...«

»Schon verstanden, schon verstanden«, unterbricht ihn Milton.

Er hebt die Stirn der Nacht entgegen und atmet tief die feuchte Brise ein, die vom Meer her kommt, in vereinzelten, launischen Stößen. Auf dem schwarzen Hintergrund blitzen dort, wo sich der Horizont befinden muss, die Leuchtschlangen eines Gewitters. Leise macht sich der aromatische Geruch des Regens bemerkbar. Milton hält die Augen geschlossen, und Alex kann das Anhängsel sehen, das von seinem Ohr übrig geblieben ist, Erinnerung an jenen Schuss, den er von seinem Chef zur Belohnung dafür bekam, dass er an seiner Statt mit seiner Frau schlief.

»Erinnerst du dich an die Moral von der Geschichte, die Lansky Al Capone im Hotel Nacional erzählt hat?«

Natürlich erinnerte er sich. Wie hätte er eine der großen Lehren vergessen können, die ihm der amerikanische Capo in jener Nacht erteilte, als er ihnen diese Geschichte erzählte! Al Capone liebte Kuba. Lucky Luciano liebte Kuba. Die rangniederen Chefs der Insel liebten Kuba. Und Batista liebte Kuba. Bei einem Treffen im Hotel Nacional in Havanna fragte Al Capone Meyer Lansky, wie es möglich sei, dass er auf der Insel Dinge tun könne, die kein anderer, weder Amerikaner noch Kubaner, je geschafft habe. Meyer lächelte und schaute zu Batista, der mit der Miene eines Grandseigneurs in seinem Sessel neben dem kubanischen Capo Alberto Anastasia ebenfalls lächelte. »Sowohl in der Hölle als auch im Himmel gibt es Türen, die sich auftun, wenn man die richtige Stelle kennt, wo man klopfen muss«, sagte er. »Es gibt nur ein Gesetz: Man soll Gott und den Teufel mit demselben Respekt grüßen und für beide arbeiten, wenn sich die Möglichkeit ergibt.«

»Gott und der Teufel können ein und dieselbe Person sein und sogar dieselben Interessen verfolgen, obwohl sie unterschiedliche Masken tragen. War das nicht die Moral der Geschichte?« erwidert Alex.

»Und erinnerst du dich auch, was Al Capone noch gefragt hat?«

Der alte Capo legte spöttisch den Kopf schief, wie einer, der ein Geheimnis entdeckt, das für alle offen dalag, aber von keinem bemerkt wurde. »Ich verstehe, was du sagen willst, Meyer«, sagte er. »Soll das heißen, du bist einer von uns, aber du arbeitest auch, offensichtlich im Geheimen, für unseren Freund, Präsident Batista?«

»Ich seh ihn beinahe vor mir. Lanskys Antwort auf diese Frage lautete: »Manche Dinge sind klar, wenn man sie braucht, um seine Ziele zu erreichen, meinst du nicht auch, Al?«

Milton versinkt wieder in der Betrachtung der dichten Schwärze des Horizonts, immer wieder für Momente unterbrochen von großen, flüchtigen Narben aus Licht. Es regnet wohl, draußen auf dem Meer. Der Geruch des Regens, vermischt mit dem aufgewühlten Salpeter des Meeres, reinigt die Atmosphäre von den Dämpfen eines heißen Tages, eines der vielen erstickend heißen Tage dieses Sommers.

»Es gibt Fragen, die man nicht beantwortet, Alex«, hört er Milton sagen, der ihn erst jetzt wieder anschaut und lächelt, mit derselben Wärme und Natürlichkeit wie damals. »Aber hier unter uns... sagen wir mal, es gibt eine Moral, die immer dieselbe bleibt, wahrscheinlich, weil die Geschichte sich ständig wiederholt. Zufrieden?«

Unten erwacht Havanna, das müde, jahrhundertealte Tier, zu seinem nächtlichen Doppelleben: an einer Ecke diskutiert ein Polizist mit den Jungs aus dem Block über Baseball, und die Namen der aktuellen Helden sind von ihrer Warte aus klar zu hören; ebenso einige Fernsehgeräte mit jener ausländischen Serie, auf die die Leute gewartet haben, die die »runden Tische«, »offenen Tribünen« und Sendungen über die Vollkommenheit der Revolution und die Verirrtheit der Welt satt haben; in einiger Entfernung, Richtung Malecón, gehen im Nahkampfdress die ersten Huren auf die Straße und wiegen ihre jungen Leiber.

»Weißt du was?« sagt Alex. »Manchmal hab ich schon gedacht, dass Lansky Recht hatte: Havanna wird immer eine herrliche Hure sein, mag regieren, wer will. Es stimmt wohl, es liegt ihr im Blut.«

Milton schaut in die Nacht hinaus und nickt. Er atmet den Geruch, der kalt vom Meer her kommt, und nickt. Die ersten Huren haben bereits den Malecón erreicht und setzen sich auf die Mauer, unschuldige kleine Mädchen. Sie warten. Sonst nichts. Auch Havanna schaut ihnen zu, schweigend und resigniert, gefangen zwischen Angst und Schatten.

GLOSSAR

semana negra: größtes jährliches Treffen von Kriminalschriftstellern im spanisch sprachigen Raum in Gijón/Asturien mit Konferenzen, Buchmesse, Jahrmarkt. Es wurde gegründet und wird bis heute geleitet von Paco Ignacio Taibo II.

jinetera: wörtlich Reiterin, eine Bezeichnung, die sich die kubanischen Prostituierten selbst gegeben haben.

The Most Fabulous Culo de Cuba: Der Prächtigste Arsch Kubas .

solar: Wohneinheit in einem einst großbürgerlichen Haus, das inzwischen wie eine Bienenwabe unterteilt ist.

período especial: die dürren Jahre nach dem Zusammenbruch vor allem der UdSSR mit entsprechenden Versorgungsengpässen.

cojones: wörtlich Eier, übertragen: Stärke, Mut, Manneskraft.

hermano: Bruder.

compadre: Form der Anrede wie früher bei uns »Gevatter«. *Compay: ihre Kurzform.*

Santa-Juana-Ketten: werden aus den bunten Samen der gleichnamigen Pflanze gefertigt.

Pipsigallo: ein Vogel, den es nicht gibt, um den sich aber Geschichten ranken.

Ochoa: hoher General, Kämpfer mit Fidel Castro, der später Drogengeschäfte in großem Umfang tätigte und hingerichtet wurde.

Amir Valle, geb. 1967 in Kuba, lebt zur Zeit mit seiner Familie als Gast des Programmes *writers in exile* des P.E.N.-Zentrums Bundesrepublik in Berlin. Er arbeitet als Journalist, Schriftsteller und Herausgeber. Sein jetzt schon umfangreiches Werk an Romanen, Kriminalromanen, Erzählungen und Dokumentationen wird außer in Kuba selbst in zahlreichen anderen Ländern verlegt.

In der **EDITION KÖLN** erscheinen als nächstes von ihm die Titel:

»**Die Wörter und die Toten**« - in Romanform eine kritische Bilanz der inzwischen fast 50jährigen Amtszeit Fidel Castros.

»**Habana Babilonia - Prostitution in Kuba**. Zeugnisse.« Ein Lesebuch mit vielen Stimmen aus dem Randmilieu.

DIE TÜREN DER NACHT
Roman. Havanna-Folge I
Aus dem Spanischen von Bernhard Straub
Krimi & Co. € 14,90
ISBN 978-3-936791-21-1

In Havanna verschwinden Kinder. Werden sie weiterverkauft, dienen sie als Organspender, werden sie Opfer von Sexualpraktiken, die es laut offizieller Lesart gar nicht gibt? Diese Fragen muss der Kommissar Alain Bec beantworten und dabei zunächst seinen eigenen Vorurteilen sexueller und rassistischer Art begegnen, die auch die seiner Gesellschaft sind.

WENN CRISTO DICH ENTKLEIDET
Roman. Havanna-Folge II
Aus dem Spanischen von Bernhard Straub
Krimi & Co. € 14,90
ISBN 978-3-936791-26-6

In einem Zimmer der Altstadt von Havanna wird ein junges Paar gefunden, das mitten im Geschlechtsakt ermordet wurde. Das ist auch für den erfahrenen Kommissar Alain Bec ein Bild, das sich ihm für den Rest seines Lebens einprägen wird. Noch dazu es sich bei dem Mädchen um die Tochter von Alex Varga handelt, ein alter Schwarzer, der früher für die Mafia einen Teil der Schmutzarbeit erledigte - seit langem ist er die unangefochtene Autorität des Viertels, der die Probleme der Bewohner auf seine sehr eigene Art löst.

Weitere Titel der Reihe **Krimi & Co.** aus Lateinamerika und der Karibik:

Daniel Chavarría
DAS ROT IM FEDERKLEID DES PAPAGEIEN
Roman

Daniel Chavarría
JENES JAHR IN MADRID
Roman

Daniel Chavarría
DIE SECHSTE INSEL
Abenteuerroman

Daniel Chavarría
ADIÓS, IHR JUNGS!
Roman

Daniel Chavarría
DIE WUNDERDROGE
Roman

Justo E. Vasco
IM VISIER
Roman

Roberto Estrada Bourgeois
DIE NACHBARIN
Roman

Titel des kubanischen Originals:
Entre el miedo y las sombras

Gestaltung und Satz: Heike Suckau

Titelfoto: Martin Dallmair

Druck und Bindung:
Graspo CZ,a.s., Zlín, Tschechische Republik

ISBN 978-3-936791-31-0

EDITION KÖLN
Mevissenstr. 16/2
50668 Köln

www.peterfaecke.de